U0055218

船上的人

越南大時代小說集

潘宙 著

目次

自序　船上的人

越南話有個字：tàu，發音「竇」，原意是船，大寫的時候卻是「中國」的俗稱。為什麼稱中國為「船」？李文雄編的《增訂越華大辭典》解釋：「Tàu漕，漕運之船，在昔此漕船指中國船，船上人指中國人……」另外又有Ba-Tàu一詞，發音「巴竇」，意指華人、中國人，是一個含侮辱性的稱呼，出處不清楚，不一定和法文的bateau（船）有關。「巴竇」之稱今多不用，官方用語稱我們為「華人同胞」，民間口語則仍稱中國為「竇」，華人為「竇人」——意思就是「船上的人」、「船民」。

幾十年前的戰時，首都西貢的越南人和華人其實是相當隔閡的，越南人對華人聚居的堤岸區認識不多，只知道那一區有許多華人開設偏重中文的學校、華人的醫院、只放映中文電影的戲院，而世代居於堤岸的華人，也有人雖受過高等教育，卻不能說越南語。

從北方中國乘船來到越南的華人，落地生根幾個世代之後，又得再當一次船民。越戰結束後，南越部分華人知道形勢不妙，開始暗中買船偷渡，但沒人能預見：最初零星的偷渡行動，幾年後會演變成那樣一股逃亡潮，巨大、決絕、悲壯，其史詩規模甚至超越了戰爭本身。

有人會將這一股逃亡潮歸咎於當局的排華政策，在北越，華人的確被集中驅趕到中越邊界讓「祖國」接他們回去，但在南越，我們並不大覺得是排華，並非因為革命政府在沒收華人小商戶的財產時還一直親切地叫我們「華人同胞」，而是政府對待華人和對待越南人的分別不大，甚至可以說是一視同仁：都把我們當成是可能的階級敵人。於是原本被稱為船民的華人，他們的後裔連同沒有流亡經驗的越南人，結合成新一代的船民，乘同樣單薄而堅執的小船，面對同樣險惡的風浪與不可知的命運—越南人決定出逃，意義更加重大，因為華人畢竟有逃難的傳統，什麼地方住不下去了，收拾家當就走，越南人卻沒有那樣的經驗。當年南北越分割時，固然也有為數百萬的北方居民南撤（包括越南人和華人，我們家也是其中之一），但那次的遷徙並未超越國境，行程也堪稱平安，戰後的船民潮則不但牽涉到偷渡、非法入境等罪名，過程中還得應付南中國海的風浪和海盜、食水不足、機件故障、迷航等問題，雖然沒聽說過有人遇上歌聲迷人的女妖，但每一條航向南中國海的小船都是一趟奧德賽的歷險。

一直以來關係並不見得多麼密切的越南人和華人，一起經歷過奧德賽航程、一起度過難民營的日子，算是有了點同舟共濟之情，即使被第三國收容之後，沒有在異國生活經驗的越南人一開始還是依附著華人社群，他們居住的地方、做生意的商店都選擇在唐人街附近，直到他們自己發展出有規模的越南人社區。唐人街、中國城，越南話當然就叫「賓街」，船街，大寫的船。

這是我的第二本小說集，背景仍以當年的船民潮為主，但在寫作的過程中，另一個主題卻不斷浮現出來，那就是越南華人的身分認同－還說不上危機，但至少已令我們一部分人感到困擾。小時候在以中文為主的華人學校，課本上讀到的是「我是中國人」，但經過越戰前後的巨變，原來是越南華人的我們這一代，如今的身分是美國人、加拿大人、澳洲人、法國人……我們更驚訝的發現：我們從來就不曾是「中國人」。在越南出生、長大，我們怎麼能叫自己中國人呢？華人應該是比較正確的稱呼。

但越南人可能說得更好：我們是「船上的人」，我們逃避天災人禍，乘船來到一個地方，安身立命，繁衍幾個世代，但我們的船一直在那裡，直到下一場天災人禍發生，不容許我們再留下了，我們便捨棄一切，不猶豫、不戀棧，上船就走。

遠行

戰後四年，你和父母弟妹出門遠行。那是你們最後一次一家五口一起出遠門，目的地是那個傍海的小鎮。小鎮偏僻、荒涼、貧瘠，和你們以前常去的度假區根本不能比。

你們常去的度假區，很長一段時間是頭頓的海灘，因為離你們的城市較近，周末可以早去晚回，有時也在那裡租個房間住一晚。那是戰時，都沒有甚麼部門機構負責推廣旅遊業，因此也沒有專為賺遊客錢而建的醜怪遊樂場所或人工裝飾，你們得以和大自然素面相見，看大海肆無忌憚的驚濤裂岸捲起千堆雪，在幾乎沒有任何裝潢的飯店裡吃鮮美的海產，腳底下就是沙；住宿的旅館不分星星等級同樣乾淨舒適，游水之餘順便在路邊的攤子買一些貝殼製的拙樸手工藝品；晚上父親駕著借來的汽車迎著鹹鹹的海風在沒有燈的路上亂闖，邊講述一些有關燈塔、水手的鬼故事來營造恐怖氣氛。

你去海灘不塗防曬油，活該被熱帶暴烈的陽光曬得背脊脫皮，俯臥床上叫痛，並不知道遙遠鄉間有比你更小的小孩正被燃燒彈燒傷而哀哀號哭，新聞照片傳遍全球……。那是「火紅之夏」，戰事進入最激烈的階段，大規模衝突在中部全面展開，每天的戰況成為全世界新聞的焦點，連同歐美的反戰示威畫面，出現在別人早餐桌上的報紙頭版，或晚飯時間的電視新聞報導中。

你很少看新聞，不關心戰局的最新發展，也不像外人想當然爾的每次出門都碰上自焚的僧侶或示威的學生，戰爭的陰影卻無處不在。你記得在你更小的時候，你們所在的首都便曾受到敵方猛烈突襲，幾乎失守；事後家裡的大人亡羊補牢把所有玻璃門窗全貼上不透明膠紙，以防再有大規模戰事發生時碎玻璃散落一地。你自小看著那些玻璃窗上貼成米字形的膠紙，卻從來沒有想過：大規模的戰事若再發生，你們需要擔心的便不只是散落一地的玻璃碎片了。米字形的膠紙漸漸變乾脫落，留下模糊卻難以清除的痕跡，一如你記憶中的那場激戰。

此外你也還記得周末到頭頓海灘時，來回的路上經過一座接一座整齊排列的橡膠樹林，其間不時會閃現一兩幢房子，或外牆佈滿彈孔，或屋頂整個被掀去，分明不久之前才經歷過一場戰鬥，你只隔窗漠漠看著，並未引發任何聯想。熱帶的陽光配上手提卡式錄音機播放著青山的〈尋夢園〉、鄧麗君的〈南海姑娘〉，令你昏昏欲睡。

或者晚上查戶口，抓兵役年齡藏匿不服役的壯年人，樓上樓下每個房間仔細視察，卻並不喧鬧以免打草驚蛇，只有一兩次你碰巧醒來，睡眼惺忪從露台往下看，幾個穿制服的人安靜站在門外，映著淡淡的燈光還是月光，也夢境似的不真實。

戰爭是車窗外的風景，戰爭是夢境邊沿一閃而過的查戶口的人，和現實世界平行不相交。

背脊脫皮痊癒後，你照樣到戰火不及之處遊山玩水，一點也不知道，這個你以為明亮整潔的世界其實脆弱得不堪一擊，像來不及貼上膠紙的玻璃門窗，將會在不久之後的一場決定性大戰役中碎成齏粉。

後來父親有了自己的車子，你們的遊蹤所至越來越遠，芽莊也是陽光海灘，看起來和頭頓分別不大；高原上的山城則是法國人當年開發的度假區，海拔一千多公尺的山上，冷的時候溫度可以低到攝氏十度以下，一早起來呵氣成霧，你們熱帶地區長大的小孩幾曾見過這等奇景，夏蟲語冰的興奮極了。不說那些連名字都引人遐思的春香湖、嘆息湖、愛情谷等等著名景點，光是一個廢棄了的高爾夫球場，偌大一片草坡隨你們愛怎麼走就怎麼走也永遠走不完；一家濃濃法國情調的咖啡店，你們每天早上去吃煎蛋麵包喝咖啡，看暖暖的陽光透過玻璃窗照進來，你那時剛開始看瓊瑤小說，肯定那就是《浪花》裡面的「雲濤」，懶懶的好想就這樣什麼都不做坐它一整天……。這樣的一個度假天堂很快取代頭頓成為你們的新寵，雖然比較遠，山路也不好走，聽說還不時會遭到游擊隊伏擊，但戰爭結束之前的兩年之內，你們仍然上了山城三次，彷彿知道你們的時間已經不多了，所以能去的時候盡量多去幾回，儲存大量記憶供日後慢慢回味。

果然過了兩年，戰爭結束後的和平統一年代，你們反而再也沒有機會到訪山城了。

偏僻、荒涼、貧瘠的傍海小鎮，全家人一起出門，卻不再有度假的悠閒，這最後一次的遠行，你們是來偷渡的。因為是偷渡，所以你們不上山，隔絕紅塵的山城對你們來說毫無用處，傍海小鎮雖然偏僻荒涼，卻可以通向外面的世界。這個國家有三千多公里長的海岸線，彷彿就是專為你們這一場集體逃亡大潮而設的。

說小鎮是你們的目的地並不恰當，它其實只是你們這次遠行的起點，真正的目的地是馬來西亞、或者印尼、新加坡、菲律賓，端視風向、海流、領航者以至運氣天意等可測或不可測的因素而定，去到香港也不是沒有可能，機率小一點就是了。事實上東南亞諸鄰國也不是你們的最終目的地，最終你們希望能去到的是美國、法國或加拿大，不過千里之行始於足下，一步一步來。

母親帶著弟弟妹妹先啟程，到了小鎮，在當地你們的同行者家中等一兩天，你和父親整理善後，才和其他同行者分批出發。

所謂整理善後，不過也就是到親戚朋友家中抄下一些聯絡地址，順便打個招呼讓他們知道你們出門了，以及向來為你們暫時看家的姑媽交代一下。以前你們出遠門時姑媽也常來替你們看家兼為妮妮餵食，駕輕就熟，所以需要交代的也不多。

那兩天你四出親朋處抄地址，一本小小的地址簿都快抄滿了：某堂哥在印尼的哪個難民營；某父執輩剛剛獲加拿大收容、去了溫哥華；某位以前學校的老師在法國；某鄰居出海大半年全無音訊，他愁眉苦臉的家人央你代為打聽打聽；……然後還有像姑媽那樣留下來不走或暫時未有機會走的朋友，你也得逐家逐戶走訪核實一下門牌號碼。雖然認識多年，他們的住址你卻從來不知道，因為從來沒用過，朋友之間打聽地址時都是說哪個街角有個咖啡店或者五金店、第幾條巷子、進去拐幾個彎、藍色或灰色的大門，只不提門牌幾號，更詳細一點的就加上門外坐著個老頭或有條很兇的狗之類，彷彿那老頭和狗也是亙古不變的風景的一部分。

只有一個地址你沒抄下來。你穿過柳暗花明寬窄不等的大小巷道，走過一扇緊閉的門，並不停步，飛快瞥過靠著門框右上角一塊牌子上的號碼，幾百幾十幾巷之幾十幾，不重複且無序排列的一組數字，你緊緊記著，暗暗擔心也暗暗希望那一刻她正好開門出來，讓你記下她當時的容貌，你從小學六年級起就偷偷喜歡的一個同班女生。

緊閉的門並沒開，你達達的蹄聲只引來斜對門彷彿亙古以來就安坐那裡不動的一個老頭和他腳邊一條黑狗狐疑的眼光。你快步離開，心中決定到了馬來西亞或者印尼菲律賓之後第一件事就是給她寫信，只恐怕你的信到來時，她已經像你一樣不知身在哪個異國的哪個難民營中了。

這就是亂世了啊。你於是明白，亂世的景象就是這樣的吧，沒有人知道明天會發生什麼事，沒有人說得準下個月下個星期自己會去到什麼地方，今天還坐在家裡，明天就已漂流海上，再過幾天可能就身在難民營或監牢、或成為另一個失蹤人口……。

一向你以為亂世是一個歷史名詞，像你父親、祖父或更久遠的先輩所遭遇的那樣，兵燹、饑荒、旱澇等等天災人禍，然後人們扶老攜幼、離鄉背井尋找比較安定可落腳生存的環境，一個個可驚可感的故事在逃難的路上發生。……你聽過那些故事，但從來沒想過有一天你會身歷其境，活在有血有肉但往往是血肉模糊的亂世第一現場。

身處亂世，人們除了應付迫在眉睫的毀滅性災難、掙扎著活過一天是一天，無暇顧及其他，因此整個社會廢耕廢織，商店沒有貨品、學校沒有教師，更不用說一切規範、制度都蕩然無存，每個人生存的唯一目的只是盤算如何令自已和家人、或至少要讓家中的一兩名成員擺脫、逃離這樣一個亂世，像你姑媽家就因為兩位表哥已成功抵達馬來西亞而舒了一口氣，像完成了一件艱鉅任務般可以暫時停下來歇一歇。

在這樣的大環境之中，人們每天見面所聊的無非也就一個主題：偷渡。你抄寫地址時所走訪的親友家，他們螞蟻互碰觸鬚般彼此交換的新聞不就是誰剛剛出海了；誰又失手被抓而且已經是第三次了怎那麼倒楣；誰的什麼親戚沉船遇難、全家七口沒一個活著回來好慘；但另一個鄰居一家八口只一個十歲小孩獲救豈不更可憐……，同時順帶打聽哪裡的偷渡組織安全可靠收費合理彷彿比較旅行社的服務、以及最新的美鈔黃金黑市兌換價格等等。

聽著聽著你忽然想：在這一切之前，在這個亂世出現之前，你們日常談話的內容是什麼呢？你苦苦思索，卻一點也想不起來了，朋友來訪時、親戚見面時、請客吃飯時，你們都很有默契的不談無所不在卻彷彿與你們沒有切身關係的戰爭，那麼，你們都聊些什麼呢？談生意嗎？談學校嗎？談哪部電影好看嗎？還是背後論人長短說人閒話？應該就是那些吧，但那些內容何其貧乏令如今的你很難想像那有什麼好說的？

有著豐富逃難經驗的你們這個民族，卻不知何故並沒為後世留下太多如何在亂世中求存的智慧話語，你只記得好像有句話叫「小亂避城、大亂避鄉」，還是「小亂居城、大亂居鄉」？反正意思就是發生小災難時人們從鄉下逃到城市，大災難時則反過來，從城市逃到鄉下。如今你們拋棄在大城市的家業，去到不管怎麼荒涼偏僻只要靠海就好的鄉下，顯見是大亂了，相較之下，幾年前那場決定性的戰役，新聞照片上見到的大批難民湧入城市，你們惶惶然以為天翻地覆世界轟然倒塌的巨變，原來只是小亂而已。

身處亂世之中，你們才發覺自己準備不足，嚴重缺乏最起碼的求生技能。積千百年逃難的經驗，卻從來沒有人寫出一本例如《逃難錦囊》之類的手冊供你們參考，像書局不難找到的旅遊指南，告訴遊客出門該注意些什麼、護照怎麼保管、怎樣防盜、怎樣收拾行李，……沒有前人的指導，你們只能靠自己摸索。

若真有那樣一本逃難錦囊，裡面可能會提醒你這樣的偷渡者，最好學習一些基本的技能諸如在茫茫海上怎樣憑著星星辨認方向，或者該準備足夠的食水，至於衣物就和旅行一樣不必帶得太多。最最重要而且必須貼身藏著絕不能弄丟的，除了金葉子美鈔之外，就是個人的身分證明文件，因為你的出生證明、你的結婚證書……，就是你在這荒邈天地間的座標，到了另一個國家，一個你不認識任何人也沒人認識你的異地，得靠那一張薄薄的紙為你定位，讓別人知道你是誰。

個人證明文件的重要性你們是曉得的，但其他方面就不那麼在行了，你們帶了太多舊照片，父母親年輕時的、你們兄妹從小到大的、還有那些在海灘在山城拍的，貼滿好幾本厚厚的相簿，全是你們不忍割捨的一部分過去，你們把相簿丟掉，照片帶在身邊；還有就是你爸爸多年收集同樣不忍割捨的一大批郵票，一點不知道在缺糧缺水的海上那些全都是廢物。

出發的前一天晚上，你意識到這可能是你在這片土地上、這個你出生至今十餘年未曾遠離的國家的最後一個晚上了，卻沒有哪怕只是一絲絲的惜別之感，你和妮妮話別，拍著牠的頭，像以往和父母弟妹上山城之前一樣叫牠要乖要聽姑媽的話，卻沒有加上一句「過兩天我們就回來了」，因為怕犯忌諱，好像說了那句話之後就一語成讖此行必定受阻敗興而回似的，而事實上你們也的確沒有把握這趟行程一定順利；雖然已經被公開地談論著，偷渡畢竟不是合法的出國旅遊，有哪一次是十拿九穩的呢？正是這樣一種不確定的因素，大大抵消了你在啟程前夕所應有的種種愁懷，行子腸斷、百感悽惻；知離夢之躑躅、意別魂之飛揚……，你一概沒有，你只希望不要花了錢白走一趟就好了。

載著你們大亂避鄉的客貨車更不能助你增添任何離愁別緒，擠滿了人的客貨車，根本看不見窗外的風景，你只能想像著那一座座整齊排列的橡膠樹林，應該可以天長地久地生長下去，至於那些滿佈彈孔屋頂掀掉的房子可能已化為塵土了吧？戰爭早就過去了不是嗎？……在路上顛簸了大半天，下車時已是黃昏，本來就陌生的小鎮，面貌更加模糊不清，你和父親和幾名同行者跟隨來帶路的人，一言不發，地下工作者似的假裝互不相識，穿過小鎮僅有的一條黃土路，分別進入其中幾戶人家，你見到了母親和弟妹，亂世中的小孩似乎都比較成熟懂事，好像體內有一種什麼激素，在亂世的物競天擇大環境中發揮作用，促使他們提前脫離童年，一夜之間長大成人好適應、抵抗險惡的外在世界，同時迅速學會使用刀槍劍棒為自己的生存搏鬥。才十二歲的妹妹，臉上已有一種將要冒險犯難的凝重，她捏捏你的手，問：「妮妮怎樣了？」

「姑媽會照顧牠的。」

「牠等不到我們回去，一定傷心死了。」

妮妮的事，妹妹要過了很久才知道。姑媽告訴她，你們走了之後，妮妮幾天不肯吃飯，然後趁別人都不注意的時候，牠自己一個溜了出去，沒有再回來，也沒有人再見過牠。

後來的事你無法預知，只能用不著邊際的話來安慰妹妹，同時想起另一句關於亂世的格言：「寧做太平犬、莫為亂世人」，不能算什麼求生指南，充其量只是一種感慨而已。若生在亂世又不幸是一條狗像妮妮那樣，又能怎麼辦呢？畢竟那不是可以自由選擇的。

如果可以選擇的話，那麼做管理這個傍海荒涼小鎮的幹部是最好的了。三千多公里長彷彿專為偷渡而設的海岸線，專為這一場逃亡大潮而打造的史詩舞台，像這樣的沿海小鎮多不勝數，幹部們什麼都不必做，金子便自然滾滾而來。他們且明白不管治亂盛衰，金子永遠是愈多愈好，所以來者不拒的全不理會你們的船容量有限，窄小的船艙擠進了太多人，沒有人知道總數是多少；一個多星期後在公海被外國商船救起來的時候，船上的活口只有七十六人，全都衰弱不堪且嚴重脫水，其中有你的父母弟妹，但沒有你。

那是戰後第四年，你們全家人最後一次一起出遠門。

在屍體上歌唱

那天早上有很好的陽光，大表哥來的時候，我正在羅望子咖啡店外面，聽瘸二哥唱歌，邊在樹下練踢毽子，雖然明知我再怎麼練也踢不出阿俊那樣的水準。咖啡店本來沒有名字，是因為這株羅望子樹，大家才順口管它叫羅望子咖啡店，正如我們都不知道瘸二哥叫什麼名字，也不知他住哪裡，不過他每隔幾天就會來店裡唱幾首歌、討點零錢，大家瘸二瘸二的叫，也就成了他的名字了。

遠遠看著大表哥進了巷子，我有點奇怪，因為他沒穿著軍服，而且我分明記得他剛剛兩三個禮拜前才來過一次。大表哥在服兵役，每隔幾個月才有一次休假，而他每次放假回家都會順道來我們家坐坐，吃頓午飯什麼的。以前大表哥來我們家，我都特別高興，因為他總會捎來一些外婆或者姨媽做得好吃極了的點心，但自從他入伍後，不但不帶點心來了，還每次都一身軍服，看起來很刺眼；那身草綠色的人民解放軍制服，就像阿俊那傢伙一樣，老是在提醒我：明年我們就要去當兵嘍。

當阿俊那樣說的時候，我心裡就想：我才不要去當兵呢。當然我沒說出來。一直以來我們華人都是想盡辦法逃避兵役的；越南人打仗，幹嗎要我們華人當砲灰？這是我們常掛在嘴邊的話，說得多了，聽起來似乎就很理直氣壯了。早幾年南北越交戰的時候就是這樣，家裡有兵役年齡的男丁，書讀得好的就盡量爭取到台灣升學，否則家裡就安排讓他偷渡去香港、或者避到抓兵役不那麼厲害的邊遠鄉下，山高皇帝遠躲它一陣，但同時得冒上和敵方游擊隊正面接觸的風險。

逃避兵役的手法還多得很，比方說少數民族可以免役或緩役，大家就紛紛想辦法弄來一張少數民族的身分證明文件——其實華人不就是少數民族嗎？可緩役卻輪不到我們；最常見的則是造張假的出生證明，把歲數壓下去兩三歲，也是一時的緩兵之計。實在沒有其他法子的，也可以在家裡地底下挖個洞，像我們巷子裡的梁木匠就是那樣，碰到晚上有人來查戶口時就鑽進洞裡藏著。查戶口總在晚上，梁木匠白天則坐牢似的在家裡偷偷摸摸為熟客人釘造桌椅櫥櫃，奇怪的是只要他不出門，也不會有人進門抓他，雖然（至少我覺得）人人都知道他就在家裡。華人避兵役好像是一場大規模的捉迷藏，但我一直沒弄清楚複雜的遊戲規則。

而我馬上就要加入這場遊戲了。

那年解放軍進城，梁木匠從他藏身的洞裡鑽出來，多少年來第一次走到光天化日的街上，手中搖著小旗子，激動得涕泗縱橫。梁木匠的激動很快就過去了，新政府告訴我們：美帝雖然被我們趕跑了，但反動勢力仍在虎視眈眈，不容許我們放鬆戒備，所以年輕人還是得服兵役，隨時準備保衛國家。如果光是服兵役也罷了，但我們後來才慢慢知道，反動勢力不只是一個面目模糊的假想敵，而是邪惡兇殘就在我們身邊的鄰國柬埔寨，可柬埔寨不是據說和我們並肩作戰對抗美帝的嗎？而且最近北方邊界和中國的關係忽然又緊張起來，好像有點一觸即發馬上要大動干戈的意思，更教我搞不懂了，中國不是社會主義兄弟國家嗎？越中友誼萬古長青、山連山水連水的口號不是剛剛還叫得挺起勁的嗎？搞不懂的事太多，但可以肯定的是，戰爭萬古長青，我們還是得像父兄輩一樣繼續避兵役、和政府玩捉迷藏的遊戲。

我能以什麼樣的方法躲過不服兵役呢？這個政府不是以前的政府，捉迷藏的難度比以前又增加許多，到台灣升學是不可能了，少數民族好像也沒那麼容易隨你說是就是，而且新來的政府雖然不再像舊政權那樣晚上來查戶口，對戶籍的控制卻反而緊得多，人一離開市區就得申請通行證，否則哪兒都去不了，所以避到鄉下山高皇帝遠那一招也行不通了。唯一能合法申請免役的便只有健康理由，但我偏偏又是連最起碼的輕度近視都沒有，最多也不過臉上不時冒出幾顆粉刺，這就難怪我媽一天到晚為我迫在眉睫的兵役問題發愁了。

不過不管用什麼法子、要賄賂多少部門的幹部，甚至買一份假的體檢證明，捏造一兩樣不容易看得出來的病，像心臟不好或者狠一點的索性就說精神有問題，我是絕對不肯去當兵的，好好一個人，誰願意落得像瘸二哥那樣，拄著拐杖、背著吉他，每天到街上賣唱行乞呢？雖然瘸二哥有一副好歌喉。他的歌喉和阿俊踢毽子的本事一樣，都是天生的，我學不來阿俊那出神入化的腿法，更不像瘸二哥那樣會唱歌，當兵斷了腿誰來養我啊？

「越南人簡直的都特別會唱歌，你知道為什麼嗎？」梁木匠曾經說過：「那簡直是老天爺賜給他們的，這樣就算打仗斷了腿，也能憑一副歌聲去討飯，不至於簡直的活活餓死。」梁木匠說話總是一大堆的「簡直簡直」，純粹是一種強調語氣的用法；這話說得也未免刻薄了一點，不過好像也不是完全沒有道理，像瘸二哥這樣的舊政權時代的軍人，時時都可以見到，多半像瘸二哥那樣，吊著一邊空蕩蕩的褲管，腋下夾著根拐杖，肩上掛把吉他，在街上、在市場裡、咖啡店、飯店等等地方賣唱，幾乎全無例外的都有那樣一把好嗓子，唱的也是舊政權時代流行的歌曲，歌詞中充滿了烽火、硝煙、直升機、別動部隊、漫長的征途、倒下的同袍、後方的女友或未亡人……，每一首都那樣哀傷，也那樣動聽。

說話刻薄的梁木匠，現在倒是不必每天在家裡的洞裡躲著了，他已過了兵役年齡，沒事在巷子裡晃來晃去，也不用擔心有人抓他去當兵。梁木匠卻是這樣的一種人，你要不把他關在家裡，讓他四處亂走，就會生出許多是非，像牛叔家鬧鬼的事就是梁木匠傳出來的。

牛叔的家——當然現在已經不是他的家了；我記得很清楚，是那年牛叔中了國家獎券頭獎之後蓋的，那還是舊政權時代，牛叔跟著就在外面大街上開了家麵店，自己做起老闆來，身分也從「阿牛」、「牛記」升級成為「牛老闆」，不管人家叫他什麼，好脾氣的牛叔都是呵呵的笑著，一臉的和氣生財。

那樣好脾氣的一個人，沒想到會落得那種下場。「那簡直是折福啊，」梁木匠又有話說了：「獎券的頭獎，可不是簡直什麼人都中得起的，沒那個福，中了獎之後噩運就跟著來了。所以我簡直從來不買獎券。」

去年雨季，牛叔一家人到鄉下偷渡，幾天後不知哪裡傳來的消息，他們的船出海不久就被大浪掀翻了，全船沒一個活口，包括牛叔夫婦倆，和他們的三個兒女。

從那時起，牛家就開始鬧鬼了，至少梁木匠是那樣說的。好像都沒有人真正見過什麼異樣，可聽梁木匠說，天黑之後經過牛家，就會聽見屋裡傳出來低低的哭泣聲，他簡直簡直的說得歷歷如繪，嚇得我晚上都不敢打那裡走過。

牛家的新房子並沒有因此而荒廢，出事後不到一個月，地方政權就把房子分配給了一個北方下來的幹部。這幹部和其他北方人一樣，長相和穿著都土裡土氣的，我們叫他「北圻佬」。北圻佬的老婆聽說是一個什麼婦女會的主席，他自己卻好像什麼都不用做，也很少和巷子裡的人打交道，只每天在家裡打掃、種花澆水。「看他能住多久吧，」梁木匠有點幸災樂禍的說：「打賭簡直不出一個月，牛記的冤魂就會把他倆口子嚇走了。」

然而大半年過去了，北圻佬不但並沒像梁木匠預言的那樣被牛叔的鬼魂嚇走，牛家陽台上留下的幾盆花還讓他打理得欣欣向榮，只有我們幾個鄰居的小孩偶爾為牛叔抱不平，會撿石頭去扔他們的門窗。

我要走了，回到白色的沙丘上
那裡有硝煙瀰漫的故鄉
我要走了，回到廣闊的土地上
高原的風，夜夜冰涼……

瘸二哥好聽的歌聲又傳過來，我停止踢毽子，看到咖啡店一角有個人站起來，走到瘸二哥面前，從口袋裡掏出一點零錢遞給他，瘸二哥雙手接過謝了，那人卻開口問：「這位哥，哪年受的傷？」濃重的北方口音，我這才看出來，是霸佔了牛叔房子的那個北圻佬。

即使不知道他的身分，聽他的口音也聽得出來，瘸二哥顯然不怎麼願意搭理這樣一個北方幹部，但收了他的錢又不能不答，只好簡短的說：「七二年。」

「七二年啊……」北圻佬說：「那年是打得很厲害噢。我也是那年傷的。」

瘸二哥抬眼上下打量著他，我和店裡幾個客人也盯著北圻佬。這傢伙四肢齊全、五官不缺，連手指頭都不少一根，他受的什麼傷？

北圻佬用右手拍拍左臂：「傷了根筋，這條胳膊算廢了，拿一點小東西都使不上勁。還好是左臂，握筆拿筷子都用不上它，只有一樁：要剪右手的指甲時，非請老婆幫忙不可。」

北圻佬呵呵笑起來，像說了個不知多麼有趣的笑話。這剪指甲的事我從來沒想過，卻不能不承認他說得對，右手的指甲非要左手來剪不可，這也是我的左手能做的唯一一件事。我盯著自己的手指，才發覺指甲很長，該剪一下了。

「至少胳膊還長在你身上吧？」瘸二哥說：「而且，日常生活也有國家照料，每月分配的那些……，」

「說是那樣說，可誰不知道，國家也有困難啊。這每月分配的柴米油鹽，能頂什麼用？」這話可不好接口了。難道附和他，抱怨國家每月配給的米糧不夠吃？搞不好這北圻佬是別有用心，故意用這些話來引起旁人的牢騷，說了不該說的話，被他扣上反革命的帽子。好在瘸二哥不上當。

「不是有房子分配給你了？起碼。」

「說起那房子啊，……」北圻佬搖搖頭，嘆了口氣。

「怎麼，你還不滿意啊？」

「不不，房子是新的，怎麼不好？只是我聽說，房子以前的主人，是個華人吧？」北圻佬忽然放低了聲音：「……聽說那個什麼了不是？」

瘸二哥不答他，在琴弦上輕輕一抹，潑灑出一串琤琤琮琮的音符。

「一家五口啊，」北圻佬自顧自的說：「夠傷心的不是嗎，所以我在屋子一角為他們一家人安了個靈位，早晚上炷香。」

「那不是迷信嗎？」瘸二哥輕輕笑起來：「國家幹部，也來這一套？」

「也不是迷信不迷信的，」北圻佬一臉正經：「好歹我住的是他的房子對吧？再說，要不是日子實在過不下去了，誰願意丟下那麼一幢新蓋的大房子，去冒那個險呢？」

北圻佬說得若無其事，但我一聽就明白了，八成那房子真鬧了鬼，卻沒想到北圻佬這樣陰險，居然會想出為牛叔安靈位這一招，只怪牛叔人和氣，做了鬼也一樣沒脾性，人家設個靈位，就把他給安撫下來了。從來只聽說人善被人欺，原來鬼善照樣還是被人欺。

瘸二哥沒答腔，低頭彈他的吉他。北圻佬又說：「你唱的那些歌都很好聽，就是傷感了一點。都是舊政權時代的歌吧？」

瘸二哥點點頭：「傷感？當然傷感啊。幾十年的仗打下來，眼淚流出來帶著硫磺味兒，唱的歌能不傷感嗎？」他彈了一節前奏，開腔唱起來，是一首我從來沒聽過的歌：

黃昏來到山坡上
在屍體上歌唱
我看見路上的人群
扶老攜幼在走避

黃昏來到山坡上
在屍體上歌唱
我看見路旁的母親
抱著死去的兒子

「這也是舊政權時代的歌？」北圻佬問。

「是我們的反戰歌曲。」瘸二哥彷彿有點自豪的說：「那時候大家都唱連儂、唱狄倫的歌，藍儂、狄倫，你不會不知道吧？他們的歌因為是英文，所以比較容易流行，我們自己也有反戰歌啊，只是不大有人聽過罷了。」然後他又唱下去：

黃昏來到菜園裡
在屍體上歌唱
我看見年老的父親
抱著冰冷的兒子
黃昏來到菜園裡
在屍體上歌唱

我看見墓穴中
堆著兄弟的屍體

「這種歌，難道不會被禁嗎？」北圻佬皺著眉問。

「禁啊，不能在電台上播出，不能公開演唱。」瘸二哥說：「但歌是禁不了的，人只要有一張嘴巴就能唱，怎麼禁呢？還有一樣你可能很難想像；寫這些反戰歌的人，沒有被捕、沒有被扣上叛國的罪名，也沒有被送去勞改。」

原來是禁歌，那就難怪我沒聽過了。以前我聽過的越南流行曲——沒被禁的那些；歌詞雖然也充斥著烽火和死亡的意象，但內容主要是講述前方的戰士和後方的情人兩地思念之情，戰爭不過是一個血色的背景。聽那些歌時，注意力只集中在前景、在焦點之內的淒美愛情故事，背景的槍林彈雨就不那麼嚇人了，正如在戒嚴的寂靜夜晚，遙遠的不知什麼地方傳來隱隱的砲聲，我們從小就聽慣了，反而覺得那才是正常的。而現在瘸二哥唱著的這首歌，戰爭和死亡卻成了焦點，令人避無可避的必得正視那些橫七豎八的死屍，這種歌聽著都要讓人坐立不安，難怪要被禁了，盡管瘸二哥的歌聲還是那麼好聽。他唱得那樣投入，彷彿他真的在鄉間、在田野上親眼見過那些逃避戰火或不幸喪生的無辜平民。也許他真的親眼見過，也許就在他的腿被地雷炸斷之前。我這才開始覺得，舊政權時代軍人的瘸二哥，曾經無可選擇的和同是越南人的敵方作戰，對剛剛才結束的那場戰爭，那場奪去他一條腿的戰爭想必有更複雜的感受，不是我們成天想盡法子逃避兵役的華人所能理解的。

「南方人民反美偽政權，我們是知道的。」北圻佬說。

「反戰，不是反美偽政權。」瘸二哥更正他：「反戰的人，反對的不是任一個制度或主義，而是戰爭本身，是殺害平民百姓、摧毀他們家園的戰爭，不管是南方或北方的百姓，也不管那戰爭有一個多麼崇高、多麼偉大的理由。倒是你們的歌，我聽來聽去都是讚揚烈士、歌頌領袖，情感都不是真實的。……你們，也會為南方死難的同胞感到哀傷麼？」

北圻佬不出聲，瘸二哥換了個調子，又唱起來，歌聲比先前更蒼涼：

哪一具屍體　是我的兄弟
在坑穴裡　在火海中　在莊稼旁
屍體漂流河中　暴曬日下
在屋頂上　在街道旁
屍體四散零落　在寺廟裡
在教堂中　在屋簷下
屍體枕藉　淋著冷雨

老弱者倒斃　在稚童的屍旁
哪一具屍體　是我的兄弟……

我再也聽不下去了，逃離羅望子咖啡店像逃離一個屍積如山的殺戮戰場。這樣可怕的歌詞，就是不禁，也不見得會多麼流行吧？我有點明白了，怪不得像瘸二哥這樣的傷殘軍人都有一副好嗓子，原來不是天生的，而是來自他們自己的經歷，每一句都像是從心底裡唱出來的，怎麼能不動人呢？即使是那樣讓人毛骨悚然的歌詞。

我原本打算回家剪剪指甲的，剛才見到大表哥的事，我已經忘得一乾二淨了，進門看見他才又想起來。不只大表哥，梁木匠也在，和我爸媽正在大聲爭論什麼。

「說什麼我都不信，簡直的！」

「想得太多啦你。」我爸吐出一個煙圈。

「哪有這等好事，你說？」梁木匠說：「幾十年來簡直沒有過的，還人道吶。」

「人道不人道，不用去管他，」我爸說：「那是說給別人聽的。只不過你想想，他軍隊裡有多少華人？這一次又不是打美國人，是中共啊，不是說血濃於水嗎？這麼一打起來，軍隊裡的華人要是一個個調轉槍頭過來，他吃得消嗎？能冒這個險？」

「什麼血濃於水，我簡直看不出有什麼分別。這邊叫解放軍，那邊也叫解放軍，都簡直不是好東西！」梁木匠好像忘了幾年前他流著淚迎接解放軍進城的事了。而沒穿解放軍制服的大表哥居然還點著頭說：「這話說得也是。」

「不管怎樣，」我爸指著大表哥：「他的確是回來了。」

「是啊，」我媽也開了口：「白紙黑字的文件，難道還有假的？」

「證明文件又怎麼樣？」梁木匠激動得好像人家冤枉他偽造文件似的：「今天能放你侄兒回來，難保明天不把他抓回去，什麼政策，什麼決定，不簡直都是隨他們說的嗎？」

我心中暗笑，梁木匠弄錯了，大表哥是我媽的外甥，不是我爸的侄兒。可是也沒人糾正他，我爸又吐出一口煙：「依我看，不會再有什麼麻煩的，木匠你也不必多慮，要抓人也抓不著你，你早超齡了。」

他們你一嘴我一嘴的說得熱鬧，我卻像電影開場後才進戲院的觀眾，錯過了前面十幾分鐘，劇情老是接不上，聽不出個所以然來，聽著聽著失去了興趣，索性又溜到外面去。

外面還是有很好的陽光，我走過牛叔，不，北圻佬的家，看見陽台上有一盆芍藥開得正燦爛，我撿起一塊石子，要扔他的玻璃窗，想想又算了。這個時局，多少人像牛叔他們一樣死於非命，連座墳墓都沒有，如今有個素不相識的北方幹部在屋子裡為他們安了靈位，每天上香，也算很難得了。牛叔自已都不計較，我又何必多管閒事？

我丟掉石子，搔了搔臉，卻不小心抓破了一顆粉刺，痛得我幾乎叫起來，剛才回家的時候，我又忘了剪指甲了。

遠處不知什麼地方傳來隱隱的歌聲，也許是瘸二哥，也許不是；太遠了聽不真切，也可能是另一個像瘸二哥那樣的傷殘軍人。歌聲彷彿一直都在那裡，一種背景的配樂，像多少年前靜夜傳來的砲聲，是現實的一部分。

我在轉角一棵芒果樹的樹蔭下見到在踢毽子的阿俊。他踢毽子不但用腳，連頭、膝蓋、手肘、胸膛等部位都用上了，只要他不停下來，那毽子就休想落地。

「走運啊你。」阿俊盯著那上下翻飛的毽子說。

我想不出一只被他踢得落不了地的毽子有什麼不得了的運氣，阿俊又說：「怎麼？還不高興嗎？不用當兵了啦。」

我又愣了兩秒鐘，才知道他說的是我。「什麼不用當兵？」

「沒聽說嗎？我們向中國正式宣戰了，政府剛剛宣布：因為對方是中國，基於人道主義什麼的理由，所有華人青年即日起可以豁免軍事義務，正在服役的華人也即時退伍，也就是說不要你們當兵啦。」

不用當兵了？不用當兵了？我反芻著剛才爸媽和大表哥、梁木匠說的那些話，這才有點明白過來。不用當兵，對我們來說就是不用再想盡辦法逃避兵役了，這新聞來得太突然，我要再過一段日子才能真正了解這是多麼破天荒的大事，從這時起，越南人和誰開戰、要打多久，都不關我們的事了。但在這個陽光很好的早上，我一時不知道該怎麼反應，只愣愣的問阿俊：

「那……那你呢？」

「我什麼？」阿俊笑了笑：「我不是華人啊。」

採訪

記者第一次來的時候沒遇上屘叔，我爸不耐煩地揮著手：「去去，有什麼好訪問的？」像驅趕溜進我們廚房偷吃的鄰家的貓。我媽則問：「你是電視台的嗎？」

記者說他不是電視台，是報社的，我媽顯然有點失望。我知道她是希望電視上那位用廣東話報新聞的女主播來採訪我們。多少年來這還是第一次電視上的人會「講我們的話」，我們都覺得新鮮極了，盡管她只不過把越南文的新聞稿用廣東話翻譯出來，我們沒有人聽不懂越南話，但還是樂得再聽一遍。以前我聽不懂英文，看美國人的電視節目不也看得津津有味嗎？

「騙人的，」屘叔說，那時我看的是美軍台的《星艦奇航記》，這個特別的頻道是專為在越南的美國人而設的，免得美國大兵、外交人員因公廢私錯過了他們喜愛的節目。「這是外星人嗎？」屘叔指著黑白螢幕上的人說：「外星人怎麼長得和地球人一模一樣？還說英語呢？他們的英語哪兒學來的？」

美國撤軍後，電視上再沒有說英語的外星人，有好些年都只是越南話的節目，直到最近，好像是中國大陸指責越南政府「排斥、迫害」華人之後，越南政府為了表示對我們華人的關愛，特別在每天晚上僅有的短短幾個小時電視節目之外加了半個鐘頭的中文節目，用最通行的兩種廣東方言：廣州話和潮州話播出。

「騙人的。」屘叔說，不知指的是新聞內容還是革命政府對華人同胞的關愛。不過至少女主播不是說英語的外星人，她說的我都聽得懂，說來說去重覆最多的還是「排斥、迫害」這兩個字眼，當然她強調的是越南政府沒有排斥迫害華人，但不小心聽的話，倒好像在恐嚇我們似的。

其實都不關我們事的；這幾個月來政府一直在推行一個運動，叫「工商業改造」還是什麼，總之針對的是做生意的人，街上的店鋪不管店子多麼小、不管賣的是文具還是五金，全部要關掉，貨品清算後被政府沒收，店主則全家人被送去鄉下一些叫新經濟區的不毛之地墾荒，一時鬧得鬼哭神號、殺氣騰騰，但既然我們不開店做生意，清算也清算不到我們頭上來，除了有點唇亡齒寒的感覺、還有就是街上的店都被關掉了，要買什麼都不方便之外，我們的生活還算是正常的，直到中國政府忽然拍起桌子來，罵越南排斥迫害華人，他又不說明受排斥迫害的是生意人，而只說華人，這就把我們不做生意不受迫害的無辜良民全扯進去了，兩邊這樣罵來罵去，越罵火越大，最後中國就說要派船過來，接我們這些受迫害的難胞回祖國。越南這邊也不示弱，你要接就接啊，誰攔著你了？賭氣似的給我們每一戶華人派了登記表格，誰願意回中國的，填好表格交上去，絕不留難。

「聽說你們沒像其他人一樣登記，堅決留下來建設社會主義國家，」記者對我爸說：「所以我們特別來做個訪問，表揚一下。」

「表揚個屁。」來的要是電視台的女主播，我爸的語氣也許不至於那樣粗魯。他的聲音低了一點，記者沒聽見，跟在他背後說：「我忘了介紹，我是《解放日報》的……」「我知道你是解放日報的。」我爸說：「現在除了解放日報，難道還有第二家中文報紙？」「你有看過我們的報紙嗎？」「沒有。我看不懂。」「你不識字？」「誰說我不識字？我是看不懂你們那些短命字！」我爸說的當然是現在報上通篇的簡體字。不要說我爸，那些字我也看不懂，大半要用猜的，還不一定猜中，「塵土」老是被我看成「尖土」，「主義」看成「主乂」，「神聖」則變成了「神怪」，文盲一樣。

我爸不喜歡簡體字，卻純粹是私人恩怨。他叫鄧漢權，挺有氣勢的一個名字，只是絕不能寫成簡體字，部首之外筆畫結構各異的部分全被簡成了一個模樣。「開什麼玩笑？」我爸瞪著那三個奇形怪狀的字：「有邊讀邊的話，不成了又又又嗎？變成這個鬼樣子，我的名字還怎麼用？」從此之後，我爸一看見簡體字就生氣。

記者有點尷尬，我不禁同情起他來，畢竟報上要印什麼字也不是他的錯。

不過記者並沒有知難而退，追著我爸鍥而不捨又說了一大堆，我爸不勝其煩，最後說：「我本來也要登記的，是我兄弟不肯。你要表揚什麼，找我兄弟去，那是他的主意。」

「他在家嗎？」記者四周看看，明知比他還小著幾歲的我不可能是我爸的兄弟，還是心存僥倖的打量了我一會。

「不在，你明天再來吧。」

記者又白跑了兩趟，第四次才見到屘叔，比劉備三顧茅廬還多出幾分誠意。

「去去，有什麼好採訪的？」屘叔和我爸一樣揮著手說。他說話的語氣和一些小動作都和我爸很相像，雖然兄弟倆相差十幾歲，又自小被不同的人家領養，有好多年沒見過面。

我爸和屘叔中間原本還有兩個手足，那年村裡鬧瘟疫，一家六口兩星期內死了四個，逃過大難的我爸和屘叔分別由遠房族親收養，這樣至少不必改宗換姓，後來我爸被帶到北越，屘叔則留在中國，兄弟倆分隔十多年，直到奠邊府戰役之後，南北越分割，北方居民收拾家當南下的時候，屘叔才突然出現在我爸面前。

「聽你們的口音，是北方人吧？」記者問，同時敬了屘叔一根煙。

「一九五四年，南撤過來的。」嘴巴裡叼著人家的煙，屘叔就不能不和他聊了。

「我知道，那時許多人聽了反動派的宣傳，對革命政府有誤解，才到南方來的。」

「宣傳？誤解？」屘叔大笑起來，嗆了一口煙，滿眼淚水也不知是笑出來還是咳出來的：「這是革命政府跟你說的嗎？告訴你，我就是那個反動派，要不是聽了我的宣傳，我哥說不定就留在北方不走了。」

「你們不走嗎？」不速而來的瓩叔看看我爸、我媽和我媽懷裡不到一歲的我，發現我們家裡不像其他人一樣整裝待發。這場我們後來稱為「南撤」的大遷徙，規模空前，有上百萬越南人和華人移居到南方，整個遷徙過程歷時一年，許多人因此都有足夠的時間和家人商量、討論，其中最優柔寡斷的甚至可以觀望、猶豫、天人交戰一段日子，才決定要不要南下，然後也還有餘裕收拾行李，一家人連同家私廚具一件不缺，登上美國派來協助運載移居者的大船，沿著海岸線一路無風無浪地去到西貢港。

即使如此，以我爸的溫吞性子，就是想上一年也未必能做出決定。要不是瓩叔及時出現，我們很可能就一直留在北越了。

收養瓩叔的族人叫鄧四公，在家鄉算是地主。土改的時候，鄉領導把瓩叔叫去，要他在清算地主時帶頭指控鄧四公的惡行，還給他舉例：他當年收養你本來就沒安著好心，只是要你為他做牛做馬、給家裡添個不用付工資的長工，等等。瓩叔唯唯以應敷衍過去，當晚回家後收拾了幾件換洗衣服，要鄧四公跟他走，老人家只是不肯，瓩叔無奈，跪下來給鄧四公磕了三個響頭，就連夜逃出村子，穿過邊界到北越來找我爸。

「四公給我吃給我穿，還讓我讀書識字，」瓩叔紅著眼對我爸說：「我能反過來咬他一口？我還是人不是？」

見我爸還在摸著下巴猶豫不決，瓩叔抬手指著我媽懷裡的我說：「你再不走，難道等這小鬼長大了來清算你？」我登時大哭起來，好像很不高興第一次見面就被屘叔這樣冤枉。

與其說屘叔說服了我爸，不如說是我爸樂得有人為他拿主意、做決定，這樣萬一到了南方日子過得不好，也可以推在屘叔身上。

這些我都是後來聽我媽說的，屘叔很少提起他在中國的事，也不知道他走後鄧四公受到什麼樣的對待。即使屘叔懷念中國的老家，他也從來不說。小時候他教我讀唐詩：「舉頭望明月，低頭師姑香」。他解說：「抬起頭看見天上的月光，低下頭見到有個尼姑走過，一陣香氣」。我讀過一點書之後還曾經暗笑屘叔太沒文化了，這樣通俗的兩句詩也會弄錯，過了很久才明白，想是因為我當時太小，屘叔無法向我解釋什麼叫「思故鄉」，只能亂以他語，卻無意中創造出一個和李白所見所感相去甚遠的奇異景象。

其實屘叔書還讀得不少，我媽常說他是書念多了，普通一點的女子他看不上，才一直沒有成家。這話只對了一半。

「這些年你都和你哥一起住？」記者問：「沒有結婚嗎？」

「結個屁婚啊？」屘叔說：「給美國人開了幾年車，之後就是避兵役，整天躲在屋子裡，大門都不敢出，晚上睡覺還得留意有沒有人來查戶口，那種日子，結個屁婚啊？」

記者算是把採訪對象的出身背景都弄清楚了，這才轉入正題：「中國政府誣告我們黨和國家排斥迫害華人，你對這樣的不實指控有什麼意見？」

運動嗎？」

「該怎麼說呢？……這樣好了，中共為什麼說越南排斥迫害華人？不就是因為這個清算的運動嗎？」

記者精神一振：「是的是的，可以多談一下嗎？為什麼你認為是胡說八道呢？」

「這個噢……」屘叔搔了搔胳肢窩：「當然是胡說八道啊。」

「是工商業改造運動。」

「反正就是清算做生意的人嘛。不是說這是邁向社會主義必須經過的階段嗎？」

記者大力點頭：「對對，沒想到大叔你對國家政策這樣了解。」

「我能不了解嗎？」屘叔瞪起眼：「大喇叭筒擱在屋頂上，沒日沒夜的朝人家耳朵裡吼，國家的什麼政策我還能不了解嗎？別打岔，剛才說到哪裡了？」

「是……工商業改造，邁向社會主義必經的階段。」

「這就是了，中國也是社會主義國家對吧？他們建設社會主義建設了幾十年，這個必經階段他們早就經過了對吧？他們以前也清算過生意人對吧？」記者不斷點頭，屘叔停下來，又吸了一口煙：「那麼越南政府做的和中國以前做的不是同一件事麼？越南排斥迫害華人，中國幾十年前不也排斥迫害中國人麼？一樣的排斥迫害，中國有什麼資格來指責越南？」

記者的頭有點點不下去了，連忙胡亂換了個話題：「五四年是你勸你哥過來南方，這一次卻勸他留下來不回中國，這其間一定有一個革命覺悟的過程吧？」

「革命覺悟？革命不革命我不知道，我的覺悟是：中國根本不會來接我們的。」

「為什麼？」

「派船來撤僑什麼的，只是一時衝口而出的氣話而已。中國政府不會要我們回去的。」

「可以前中國不是曾經派船到印尼撤僑嗎？」

「你也知道印尼撤僑的事？我們的情況卻和印尼那次不同。」

「有什麼分別？」

「這分別可就大了。」瘂叔嘿嘿笑起來：「簡單地說，我們是資本主義養大的，我以前給美國人開車，我幾個姪兒從小就喝美國牛奶，我們中美帝的毒太深了，你看吧，連這個革命政府都不敢讓我們回北方探親，中國又怎麼會接我們回去呢？」

瘂叔說的是事實，南北統一後，革命政府只允許北方居民單向南下探親，至於我爸媽這些當年棄革命政府而去、又久受美偽統治的南撤者，沒經過思想改造之前，革命政府還不放心就讓他們回北方老家，但其實我爸媽他們驚魂甫定、前途吉凶難卜，誰都沒有心情想要回去看看。

來探親的北方人，衣著打扮全都是那樣灰撲撲的一身粗布衣褲，混在南來的軍黨幹部之間，世居南部的人都很看不起他們，甚至目之為越共；但對我爸媽南撤的那一代來說，這一群衣著樸素灰頭土臉鄉下人似的，是他們的兒時玩伴、是他們的同學、鄰居、親友，當年因為種種不同原因，一個錯誤的決定、一剎那的不捨，……留在北方沒能下來，沒能像我們一樣有二十年相對而言比較豐足的生活。也許因為這樣，爸媽盡力要補償什麼似的送他們一大堆東西，但戰後百廢不興，人人手上的錢都不多，不能到外面為他們購置什麼，只從家裡的衣服中挑一些半新不舊的傳統西褲襯衫，太花哨的像喇叭褲迷你裙都是西方頹廢文化的產品，不能送；依親疏程度再奢侈一點的就加一輛腳踏車，還有弟妹的幾件玩具。

看著心愛的芭比娃娃、樂高積木被握在土頭土腦的北方小孩手中，弟弟和妹妹一臉的戀戀不捨，我彷彿聽到有一扇門悄然關上。弟妹的童年大約就是那時候結束的：玩具都送人了，他們別無選擇，只好長大。

我媽見到親疏不等的來客都要哭一場，不像久別重逢的喜極而泣，多半還是看到他們蓬頭垢面的樣子而悲從中來。尨叔和我一樣對北方的親友都不熟悉，因而不像我媽那樣激動，得以從旁冷眼觀察他們。來客小心地坐在我們舒適的沙發上，小心地摸著發亮的茶几，很驚異南方同胞的日子原來過得挺好，不是革命政府宣傳的那樣水深火熱；我和尨叔則驚異他們的土氣，以致彼此取笑：「要是留在北方，你就會長成這個樣子了。」同時卻暗暗擔心：天啊再過幾年我也會變得像他們一樣嗎？

其實不必再過幾年，我見到了自己最近的照片才如夢初醒，我們現在就已經開始長成他們的樣子了。過去這三四年間我們完全沒有拍過照，因為已經沒有值得拍照留念的場合了，沒有人做生日、沒有宴會、沒有任何慶祝，今次還是為了要填表格才一家人去照相館拍了幾張大頭照，屘叔本來連照相館也不要去的，他說：「反正我們不填表、不登記，要照片幹麼？」我爸說是以防萬一，而且即使拍了照片，也不一定填表，即使填了表，只要不交上去，我們就上不了中國派來撤僑的船，要上人家也不許。屘叔才勉為其難的去照了相。

照片沖出來一看，人人都嚇了一大跳。我家幾口雖然都不是什麼富泰相，但以前的照片也算得上容光煥發，可這一次每個人都是一樣的兩眼深陷，兩頰也深陷，活像一群餓鬼，又像以前新聞照片上常見到的被擊斃的越共。

我開始有點心慌起來，倒不完全因為這幾張照片。看到親友們人人都填好表格交上去之後，我擔心的是，像我們這樣極少數不填表不登記的華人，會不會被視為不愛國、數典忘祖呢？老實說，如果讓我自己決定要不要登記回中國，我恐怕也是拿不定主意的，一方面固然是我遺傳了我爸的溫吞性子，另一方面，中國又是那樣陌生，它巨大、遙遠、深不可測，憑我從課本上得到的零碎歷史地理知識，根本拼湊不出一個實實在在的中國，還不如我對西方頹廢文化像芭比娃娃樂高積木喇叭褲的熟悉，對這樣一個知之不詳的祖國，我又如何能不無疑慮地被接回去呢？

但親友們顯然都沒想得那麼多，卻也沒有表現出什麼敵意，事實上除了《解放日報》之外，我家不登記的事並沒引起任何人的關注。我則開始為另一件事憂心：「這麼多人登記回中國，他們都走掉了，這裡不就沒有華人了麼？」

「慌什麼？」彨叔倒是沉得住氣：「早不跟你說了？中國不會來接人的。」

「可是萬一真接了呢？人家都走了，我們留下來，到時真的被排斥迫害，怎麼辦？」

「留下來？我們不要回中國，可沒說要留下來啊。」彨叔說：「而且正因為不想留下來，才不能回中國。」

彨叔的話像一句偈語，但其實一點也不難明白。

「你想想，就算真把我們全接回去了，那該有多少人？沒有一百萬也有幾十萬吧？他怎麼安置這幾十萬人？多半是找一些農場什麼的，把我們丟進去吧？還不知道是什麼山旮旯的地方，到時你往哪裡跑？留下來，最少還靠著海邊，要走也容易一點。」

我想到那些被清算、送去新經濟區墾荒的生意人，那些難胞，被接回祖國之後，同樣被送到好不了多少的農場去，這可真有點叫人笑不出來的黑色幽默。

「說不定我們可以回老家吧？收養你的那個鄧四公，後來怎麼樣了？」

彨叔好一會沒作聲，好像這二十幾年來頭一遭才認真想起鄧四公來，最後搖搖頭說：「怕是早就不在了。那麼大年紀的人，熬得過多少次運動？」

留下來，靠著海邊，要走也容易一點。這話卻不便向來採訪的記者明說。

「我知道許多人是很盼望被接回中國的，」記者問：「因為中國畢竟是祖國。你不這麼想嗎？」

「你呢？」屘叔反問：「你認為中國是祖國嗎？」

不等記者回答，屘叔又問：「你的祖籍是哪裡？知道嗎？」

記者倒是答得很快：「廣東，新會。」

「廣東新會，那是個什麼地方？在廣東的東南西北哪個角落？不要說你，連你爸爸只怕都說不出來吧？」記者抽著煙不答他，算是默認了。

「所以說啊，祖國不祖國對我們來說有什麼屁的意義呢？再說，你的廣東新會、我的廣西防城，還不是我們真正的祖籍吧，我們真正的老家也許在河南，也許在湖北，誰知道呢？多少個世代以來，一遇上打仗、饑荒什麼的，我們的祖先就拖男帶女，逃到哪裡算哪裡，找個安定的地方落腳，運氣好的話可以有兩三代的太平日子，到哪一代哪一天不太平了、天災人禍了，照樣拖男帶女，拍拍屁股再走。而且古時候的人逃難，比我們還容易多了。」

「怎麼個容易法？」

「他們從這一國逃到另一國，邊境駐軍不會不讓他們走，也不會把他們扣留，套上個叛國的罪名；而另一國呢，也不會說他們是非法入境、驅逐或者遣返他們。事實上另一國還有責任照顧他們的生活，『既來之、則安之』，就是這個意思，人家來到了你的地方，你就要好好的安置他們。」

「既來之，則安之？」記者說：「好像不是這樣解釋的吧？」

「誰說不是？你自己去翻書看看，《論語》上孔老夫子說的，只不過孔老夫子早被你們打倒了。」屘叔說：「反正祖國對我們這一代來說，已經是太抽象的東西了。我只知道哪裡能讓我安安定定的吃飯睡覺、養家活口，哪裡就是我的祖國。」

「所以，」記者莊嚴地下了結論：「你的意思是繁榮安定的越南，就是你的祖國。」

我不能不佩服屘叔，他居然沒笑出來，我卻忍不住了，只好假裝追趕鄰家溜進廚房來偷吃的貓，走了出去。

記者的報導刊出來之後，我又笑了一陣。我捧著簡體字的報紙，像看外國文字似的邊讀邊猜。在記者的筆下，越華同胞又大叔，不，鄧大叔的一生歷盡艱辛，少年時因為誤信反動派的淫言，呃，謠言，和哥哥一家人南下西貢，錯過了建設社會主「叉」，不，主義的機會；好不容易盼到了國家統一，卻又發生中國當局誣告革命政府排斥迫害華人同胞的事件，令他陷入去留兩難的局面。經過一番激烈的思想鬥爭之後，鄧大叔終於決定：「既來之、則安之」，既然幾十年前從中國來到了越南，就該繼續留下來，為建設社會主——嗯，主義、建設國家的神怪，不，神聖事業作出一己的貢獻。

簡體字的文章，和我爸被簡化了的名字一樣，讀來總是隔了一層，即使寫的是自己，感覺也像是毫不相干。屘叔也不以為意。「報上的東西，本來就是騙人的嘛。」他說。

而現實並不那樣好笑。中國的船果然一直沒有出現，擾攘了幾個月之後，撤僑的事終究不了了之，好像也沒有向我們這些被迫害的難胞交代什麼，被清算的生意人繼續被清算，而曾經登記回中國的人也不見得有多麼失望。記者說的華人同胞盼望被接回中國並不是真的，在登記手續完成後的等待過程中，他們沒有半點即將重投祖國懷抱的興奮，反而都顯得忐忑不安，看得出來並不是什麼近鄉情怯；而撤僑的船沒來，也沒有人覺得被祖國遺棄而感到悲憤，不少人甚至還暗暗鬆了一口氣。

原來對中國心存疑慮的不只我一個人；原來那個巨大、遙遠而深不可測的中國，對我們來說不過是一個出口，和外面風高浪闊的大海一樣，是一個離開這裡的機會，中國的船不來，我們照樣可以自己找船，自己計畫另一段航程，而同樣巨大、同樣深不可測的南中國海，好像比那片古老的大地還要更安全更可靠一點。

於是我們開始找船出海，一波未平一波又起的整個城市亂上加亂，以致都沒有人注意到；隨著撤僑事件無疾而終，電視上的華語節目什麼時候也功成身退，悄悄地停播了。

自由坡

蒙著黃土的客車噗噗地噴著煙，開到村頭勉強算是車站的空地上，吐出來兩三個人，並不稍停，火燒屁股似的轉頭又噗噗地往鎮上開回去，彷彿一刻也不願逗留在這麼個鳥不下蛋的地方。

空地周圍的人家探頭出來看看，見下車的並沒有外地人，又縮了回去。打從幾個月前反常地來了幾批外地人，這個荒寂漁村忽然有點活躍起來，大家好像發現了可供打發無聊日子的新活動，每天黃昏，晚班客車從公路上開進來時，總會招來幾個好奇的大人小孩圍觀，祥福的寡婦還挺有生意頭腦的切開幾個木瓜蓮霧，叫阿康拿到車門邊，希望能賣幾個錢，可那些外地人看都不看，他們在夕陽的餘暉中下了車，女人都帶著尖頂草帽，身穿和鄉下人一樣的深暗的粗布衣褲，像一層保護色，仍遮掩不住他們城裡人白皙的皮膚，一個個垂著頭像逃犯怕人看見似的，魚兒進入大海般轉眼間四散不見，也不知藏到哪裡去了。

他們之中有不少顯然是一家大小一起，要不是人人都陰沉著臉，就儼然是周末假日帶著小孩出門遊玩了。好像是上個禮拜，第三或者第四次有外地人進來時，男女老幼十幾二十個人，仍然默不作聲，其中有個小女孩兒，不比阿康大多少，她不像其他人那樣緊繃著臉，好奇地東張西望，直到一個同行的大人輕輕在她肩上推了一把，她才趕緊低了頭，和他們一樣幽靈似的消失在暮色中。大概城裡小孩從來沒有深暗色澤的衣服，她穿的是一件淺紫色的花襯衫，而且看得出來是新的，阿康想起他娘以前有一件這個顏色的衣服，只在過年的時候才穿，所以總是嶄新乾淨的，也不知是多少年前的事了，阿康只知道那時他爹還在，他已經不怎麼記得爹的長相，卻奇怪的牢牢記住娘穿的那件衣服，那個顏色，以及隨之聯想起來的年節的喜慶。

但現在不是節日，外地人不是來遊山玩水的，蕭條的小漁村更不是什麼旅遊勝地，如果有遊客出現反而是樁怪事。而且這些外地人都是只來不去，被蒙著黃土的客車吐出來之後，就不再露過面，也沒人見過他們乘搭同一路客車回去。

直到村長跑到鄰近的鎮上轉一圈回來，大家才知道，是城裡出了大亂子，抓了許多有錢人，有多少金銀財寶都被充公，把他們扔到鄉下墾荒，所以城裡有錢的人都搶著逃出來。

起初人們只當村長傳錯了話。在戰爭的年月，只聽說鄉下人逃難逃到城裡去的，幾曾見過城裡人往鄉下逃難？再說，城裡人不是不肯被抓到鄉下墾荒才逃難的嗎，怎麼反而一窩蜂往鄉下跑呢？

「人家不是來我們村子避難的，」村長像洩漏什麼重大秘密的說：「是借我們的岸邊，乘船往外面走，走得遠遠的，美國那麼遠，再也不要回來了。」

「要去美國？那得乘大船，」有人質疑：「可我們這岸邊沒見過有大船啊？」

「你們這群沒見過世面的傻鳥，」村長說：「岸邊水淺，大船能進來？當然是在外面等著啊，也不只是我們村子，還有人到其他的村子下船，一條一條小船出了海再上大船，大船又換更大的船，美國人的船你見過？十條村子的人也裝得下，又跑得快，開兩三天就到美國了。」

「那……我們也能去？」

「能去，怎麼不能？拿金子來，沒有金子誰讓你上船？一個人就要收幾十片金葉子，美國是什麼地方，哪裡是說去就去的？」

問話的人也只是隨口問問，壓根沒想過要去美國。即使在打仗的那些年，這個荒寂漁村的人也沒遭遇過非拋下一切逃難去不可的大災殃，漁村太小、太不重要了，打了那麼多年仗，交戰雙方居然都沒動過他們的一棵樹、一根草，而城裡比天腳還遠，漁村裡誰都沒去過，光是去到最近的小鎮，趕不上清晨那班客車的話，走路就得半天，那就是他們所能接觸到的外面的世界了。大海的外面又是什麼？漁村的人是懶得去想的。

只有一次，一個外鄉人不知在哪裡受了槍傷，半夜倒在他們村口，祥福清早發現他的時候已沒了氣，只憑他脖子上圍著的一條紅格子領巾判斷是越共。夜裡遠處總傳來槍砲聲，大家聽慣了也就不當回事，因此都不記得頭天晚上的交戰是不是特別激烈，圍著商議了半天，去鎮上報告也報告過了，不知怎麼老沒人下來處理，最後還是瞎爺爺領著祥福，在村子外的亂草坡上挖了個坑把越共埋了，瞎爺爺還貼上一張舊蓆子。那年阿康才搖搖晃晃地剛學會走路，亂草坡上多了座孤墳，從此大家就管它叫越共坡。

祥福的女人本要他離死人遠一點的，怕觸了霉頭，可那祥福卻有點呆氣，認為死人既然是他發現的，就得要看著他入土為安不可，瞎爺爺那會兒眼還沒壞得太厲害，安慰祥福嬸，說埋葬無名屍首是積陰德的事。積的什麼陰德喲。

阿康還不滿六歲，一次祥福出海打魚，幾天沒回來，後來人家找到他的船，被沖到沙灘上，船底朝天，卻沒見到祥福。要說埋了個越共能為他的孤兒寡婦積什麼德的話，那就是革命政權來了之後，由村長出面為祥福嬸和瞎爺爺爭取到了個「功在革命」的獎狀、每月分配的食糧用品比其他人多一點點吧了。這是鰥居的村長向祥福嬸獻殷勤；一村的人都知道他對寡婦有意思，瞎爺爺是沾了她的光。

革命政權除了頒下兩面獎狀之外，也趁機會教育村民，向他們灌輸革命思想，說孤墳下面埋著的，是為革命犧牲的人民英雄，因為他的英勇捐軀，國家才能統一，南方人民才獲得自由，所以從現在起，這個草坡就叫正式命名為自由坡。

自由坡上的無名英雄孤伶伶地躺了有十年，才忽然多了個伴。

一具無名屍首被人發現在淺灘上，迅即引來一大群村民圍觀，沒人敢走得太近，維持著一個安全的距離在指指點點，有人說死者就是最初來到村上的那批城裡人，沒人附和他，可也沒人能說他不對，畢竟那些城裡人長什麼模樣，誰都沒看清楚，而沙灘上的死者半個臉又埋在沙裡，害羞似的不理睬四周看熱鬧的人，一條腿卻半舉著，那種姿勢擺個五分鐘十分鐘就要抽筋的，阿康看著都要替他感到累，死人卻一點不覺得不舒服的就那麼靜靜地躺著，靜靜地任這一群陌生人商議要怎麼處理他。

村長圍著死人兜了個圈子，沙上留下一圈腳印像一道警戒線，就使人去叫瞎爺爺，好像只因為老頭十年前埋過個來路不明的外鄉人，這無名死屍的事就該歸他管似的。

瞎爺爺並沒全瞎，但也好不了多少，他的一隻左眼都叫白內障給蒙住了，右眼也只剩下不到一半的視力。他和阿康的爺爺是多年的好朋友，阿康沒見過自己的爺爺，卻和瞎爺爺很親近，瞎爺爺來了，他的膽子也壯了些，跟在瞎爺爺的屁股後面，看他驗屍似的檢視那具屍體。

「你看怎麼著？」村長問。

「能怎麼著？」瞎爺爺說：「八成是那些城裡人。誰知道他哪來的？也不必花功夫報告什麼了，給葬了吧。」

「葬哪？」

「坡上，還能葬去哪？」

「越──由坡？自由坡？」村長皺了眉：「那不大好吧？」

「有什麼不好？四周都是石子地，只那坡上土軟，也好和越共哥做個伴。」瞎爺爺笑起來，手還在死人身上摸索，像要找出致命的死因：「自由坡，這名字改得還真恰當。」村長搔搔頭，想不出什麼更好的地點，只好說：「我叫人找張薦子、推車，把他推到坡上去。」

「等一下，」瞎爺爺忽然直起身子，附在村長耳邊低低說了句話，村長偏著頭，細細審視了屍體一會，轉身向圍觀的人揮舞手臂：「走開，都走開！有什麼好看的，沒見過死人？」

人群挪了挪腳步，並不甘心就那麼聽話的走開，村長又大吼：「看什麼看，想幫忙，就扛他到山坡上，挖個坑埋了！」說著走前兩步，好像就要從人堆裡抓兩個年輕力壯的出來扛死屍，大夥這才有多遠退多遠的散開了，瞎爺爺見人都走遠了，才撕開死者的衣角，取出縫在裡面的兩片金葉子，遞給村長。

村長還是第一次摸到金葉子，也不會分辨真偽，但握在手裡沉沉的顯然不會是假貨：「這是國家財產，我得給交到鎮上去，回頭再開張收條給你。」

轉頭看見阿康還在身邊，村長又說：「阿康，這事不要跟別人說，知道嗎？」

「為什麼？」阿康根本不知道那兩片黃澄澄的是什麼東西。

村長答不上來，瞎爺爺接了腔：「人家知道了，以為死人身上都藏著這玩意，下次會在死人身上東翻西翻，害人家死了也不得安寧。」

「就是，就是！」村長不住點頭，忽然轉向瞎爺爺：「什麼下次？」

瞎爺爺的語氣很平靜：「不會只有他一個。你沒見到那整車整車開進來的外地人？這種事，往後還有呢，你我有得忙的了。回去把板車推過來吧，別忘了捎張蓆子。」

村長沒再使喚旁人，就他和瞎爺爺兩個，把死人運上了亂草坡，村長挖坑的時候，瞎爺爺又在死人的貼身口袋裡找到別的東西，是一份文件，用幾層膠袋裹著，因此即使在海水裡浸泡了這些時日，也全無損毀。

「是出生證明。」村長說：「看名字，該是花人。」

「什麼是花人？」阿康問，心想也許那是一種臉上長著花的人。

村長還沒回答，瞎爺爺卻笑了：「爺爺我就是花人啊，不只我，你也是，阿康，咱爺孫倆都是花人。」

「對，你不提起我都忘了，」村長說：「你和祥福他爹，你們在這裡住了大半輩子，我都當你們是村裡的人了。」

「爺爺你怎麼是花人？」阿康不解地摸著自己的臉：「我又怎麼是花人，我臉上又沒長出花來。」

瞎爺爺張開沒牙的嘴巴，大笑說：「中華的華，不是花草的花。華人是中國人，臉上沒長花，瞎爺爺和你爺爺，都是好久以前從中國來的。」

「我也只聽我老爺子說過，」村長用手背抹抹額角的汗：「說你們到村裡來的時候，還只是十幾二十歲的小夥子，那麼多地方不好去，怎麼偏偏挑了這個冷清清的小村子落腳呢？」

「不瞞你說，祥福他爹和我，以前都是土匪。」瞎爺爺眨巴著那隻半瞎的右眼，像要努力看清楚那些發黃的記憶：「廣西有個十萬大山，聽過沒有？那個年頭，日子不好過，大夥就在山裡當起土匪來，後來被兵爺們圍剿，沒處藏身，只好一路往南跑，跑到這兒，看看環境還不錯，夠安靜，又沒人認得我們，就住下來了，哪想到這一住就是大半輩子……」

「早沒當你是外人了，這村裡。」

「後來娶的老婆、生的孩子，都不會說家鄉話，只有和祥福他爹能聊個兩句，再後來祥福他爹也不在了，我也有好多年沒說過半句中國話了……」

村長把手中的文件遞給他：「你看能不能查出他的身分來歷，憑這個？」

瞎爺爺搖搖頭：「沒用的。周圍這個亂法，誰有功夫去管一個死人的事？況且他未必就有什麼親人留下來，他的家人說不定都跟他在一條船上，運氣好的，或許能被外國的船救去，運氣不好的話……」

瞎爺爺把文件收進口袋，幫村長把死人放進挖好的墓穴裡，又嘆口氣：「該是我瞎老頭當年傷天害理的事幹多了，如今給這些個冤死鬼收屍，這叫報應不爽！阿康，待會兒別對你娘說跟爺爺來埋死人，你娘會打得你屁股開花！」

阿康回家果然一個字也沒提，倒是村長當天夜裡來見祥福嬸，把那兩片黃澄澄的東西交了給她。阿康躺在蚊帳裡，半睡半醒之間聽到他們在低低交談：「你小心收藏著，過幾個月，我替你把戶口轉到城裡去，金子賣了錢，找個像樣的地方住著，看看能不能在國營企業裡找個工作，也讓阿康進學校念書，過點好日子。」

「這使得麼？」祥福嬸遲疑著：「上面不會追究嗎？」

「這事除了瞎爺和我，沒人知道。再說，上面的人哪稀罕？他們收金子當船費，一個人就要十幾片，一船有多少人？他們的金子都是用大桶載的，這麼一片兩片，零頭都算不上，交上去他們還嫌煩呢。」

「話是這麼說，」祥福嬸說：「可心裡總是有點不安穩，這樣拿了一個死人的東西……」

「既然是死人，這金子對他就沒用了，再多的金銀珠寶，也帶不到棺材裡去，他可是連個棺材都沒有。這樣吧，你要是心裡不安，明天殺隻雞，到坡上拜他一拜，就不算是白拿他的了。」

第二天祥福嬸起床後，對著家裡養的那兩隻下蛋的母雞，思量了一個上午，終究還是捨不得，只從樹上摘下幾隻木瓜和蓮霧，想了想，覺得太寒酸，才又趕忙蒸了幾隻米糕，舀了一碗飯，連同香燭等物放進一個籃子裡，帶著阿康出門時，日頭都已經偏西了。

以前叫越共坡、如今改了叫自由坡的土丘，雖然亂草叢生，但樹蔭下安靜清涼，遠遠可見到亙古以來就一直澎湃不息的大海，也不是不適合長眠的地點。

阿康和她娘來到坡上，看見瞎爺爺站在昨天才出現的新墳前，種樹似的種下一方木碑，上面有幾個黑墨畫上的圖案，不知是啥。

「那是什麼，娘？」

「是漢字，中國字。」祥福嬸說：「娘也看不懂。」

阿康卻明白了，怪不得叫花人呢，敢情他們寫的字就跟畫花兒似的。

「姓名是從證明文件上的發音琢磨出來的，應該不會錯。」瞎爺爺有點不好意思：「只是好多年沒寫過漢字，筆畫都生疏了，我眼睛又不好，也不知寫得對不對。不過總算是有名有姓了，比越共哥強。」

「有什麼分別呢？都是孤魂野鬼吧了。」祥福嬸說著，拿出飯、米糕、水果，又點起香燭，在新墳前面拜祭起來。瞎爺爺坐到一旁，點起煙，也不問她，好像寡婦來拜祭一個素不相識的外鄉人是他意料中的事。祥福嬸看看旁邊另一座墳，嘆口氣，分了一點兒飯和水果，擺到人民英雄的墳前。

「有什麼分別？一躺下來，就都是孤魂野鬼了。」寡婦嘮叨著，像說給自己聽。忽又轉頭問瞎爺爺：「這人既然是華人，不知有什麼不同的習俗，這樣拜祭，不會錯吧？」

「你問我嗎？」瞎爺爺苦笑：「我連漢字都不大會寫了，哪曉得什麼習俗？不妨事的，什麼習俗、禮節，都是做給活人看的，人死了，還管那些？」

拜祭過了，祥福嬸收拾好東西，和阿康走下坡去，瞎爺爺丟掉煙屁股，無可無不可的也跟著下來，夕陽把他們三個人的影子拖得長長的。阿康走在前面，經過一個懸崖的時候，忽然停下腳步，看著下面的海灘。祥福嬸叫他：「阿康，留神摔下去！」

阿康不答，也不退回來，祥福嬸走到他後面，懸崖下面是一大片礁石，激起浪花如雪，雪白的浪花間有一抹紫色，她記得自己以前也有一件那個顏色的襯衣，印著暗花，平時捨不得穿，只在過年時穿過一兩次，後來不知去了哪裡。那時她的男人還在，已經遙遠得像上輩子的事了。

瞎爺爺這才跟上來，像他們娘兒倆一樣往下面看，只剩下的半隻眼睛什麼也看不見。「什麼？是什麼？」

「一個小女孩。」祥福嬸說：「卡在礁石中間。」

「活的？」

祥福嬸搖搖頭。小女孩仰躺在沙灘上，下半身壓在石頭底下，一手半舉著，五指屈曲，彷彿嚥氣前還拼命要抓住什麼，浮木、船舷、同行者的手、微弱的希望⋯⋯，那樣極力抗拒死亡的一種手勢，然而終歸是徒然了，屈曲的手指什麼也沒抓著，一整船的人被大海吞噬，只一個細小的身軀卡在礁石間，像塞在牙縫的一片肉屑。

「爺爺你看，能打撈上來不？」

「這一帶暗礁太多，天色又晚了，要打撈也只能等到明天，」瞎爺爺說：「還得找幾個好身手的，怎麼就卡在這樣一個尷尬的地方呢？這麼個隱密的所在，活人要進來都不容易……」

「好可憐，才那麼小，和阿康差不多吧。」祥福嬸從她的籃子裡抽出三支線香，點著了，插在懸崖邊上。

老少三人離開後，天色漸漸暗下去，線香的煙在晚風中淡得幾乎看不見，無名女孩躺在懸崖下，僵硬的手兀自半舉著，像要留住那一輪美麗的落日。

遠處村口的空地上，晚班客車又噗噗地開了進來。

血一樣的晚霞

各位團友早，昨晚睡得好嗎？大家容光煥發，精神都很不錯嘛。請各位看看四周，發覺有什麼不同嗎？是的，今天我們的團忽然縮了水。大家應該記得，我從第一天就說過了，我帶的這個團，行程有一點點不同，就是今天的這一程，我們本來是要去參觀古芝地道的，但現在不去了，並不是地道不開放讓人參觀，我們旅行社其他的團、其他的導遊還是如期到那邊去的，所以我事先已經告訴各位，如果你覺得古芝地道是絕不可錯過的景點的話，我可以為你們安排，今天改跟其他導遊去參觀；但如果你認為地道看不看也無所謂，或者你以前來過、也見識過了，那歡迎你留下來，我會另有安排的。就因為這樣，有一部份團友決定要去看地道，所以今天我們的團就比前幾天小了。

為什麼我不帶各位去看古芝地道呢？老實說，我壓根不認為那地道有什麼看頭，又不是什麼了不起的大工程，萬里長城或者泰姬陵那些，又窄又矮，比老鼠洞大不了多少，還是打仗的時候挖出來的，拜託仗都打完快四十年了不是嗎？那些老鼠洞早就該填平了，保留下來幹嗎？讓人家看你有多艱苦卓絕？說穿了還不是為了賺觀光客的錢？不過這些話都是我私下跟各位團友說的，我們一見如故、無話不談，才跟你說這些真心話，對旅行社就不是這個說法了，我給旅行社的理由是：我有幽閉恐懼症。是的，就是進入一些狹小的空間會感到不舒服那種，嗯，這位團友說得對，導遊是帶人去參觀的，導遊自己不必進入地道，恐懼症不恐懼症有什麼關係？旅行社也這麼說，可我說我這恐懼症比較嚴重，即使只是靠近地道也會感到暈眩、噁心、想吐，他們沒辦法，只好特別准許我不必去古芝地道。當然這有一部分是因為旅行社的老闆是我的好朋友，才對我格外開恩的，呵呵，要是每個導遊都像我，不喜歡什麼景點就不帶那個團，那旅行社豈不都要關門了？

幽閉恐懼我是沒有的，剛才我不是和你們一道乘電梯下來嗎？要真有那樣嚴重的幽閉恐懼，就連電梯都不能乘了。我說的那些恐懼症的症狀，都是我老婆教我的，她唸心理學，有很多這方面的知識，她還告訴我，多數人都不會有那樣嚴重的恐懼症，雖然我們常常會對一些東西有恐懼，好像有人怕蟲、怕蟑螂，有人怕看見血，但不是每個人都怕得那樣厲害，一看見血就昏倒，不是的；只是每個人都有他特別害怕的東西，在旁人看來也許會覺得很不可思議：這有什麼好怕的呢？我自己就曾經非常害怕下雨的夜晚、害怕黃昏天邊血紅的晚霞、甚至害怕睡覺，因為擔心一睡下去就不能醒過來了，呵呵，聽起來很滑稽吧？我老婆說，這些恐懼都和個人的經驗有關，我相信是真的。

好，那麼我們不去古芝看地道了，今天該做什麼呢？什麼都不做，我們今天就在街上逛逛，漫無目的地閒逛。觀光團的行程一般都沒有這樣的安排，他們都是把遊客從一個景點帶到另一個景點，順便介紹一些歷史背景，讓大家拍拍照，但那有什麼意思？自由神像、巴黎鐵塔，我們不是在電影電視上都見過了嗎？千里迢迢的親自去拍一張到此一遊的照片，貼到臉書上，又能代表什麼？再說，你到外地旅遊，最記得的是什麼？是那些遊人如織的景點嗎？還是異國小孩好奇打量你的眼光、尋常人家窗台上一盆怒放的花、明媚陽光下一位當地姑娘的回眸一笑？還是，嘿嘿，還是一位囉囉嗦嗦讓你煩得要死的導遊？我自己最記得的，是有一次因為迷路而誤闖進一個小漁村……；總之，你最難忘的旅遊經驗，都是旅遊指南上沒有介紹的，卻是我們今天閒逛的企圖，希望你能看到一些獨特有趣的東西，給你留下較深刻的印象，而不只是幾張紅教堂白教堂的照片而已。

因為不是事先設定的行程，所以我們每次閒逛的路線都不同，反正城市這麼大，每一區每一條街都有說不完的故事，也不必趕時間，不需要二十分鐘看完一個博物館、十五分鐘吃完一頓午飯，大家就當散一次步好了。

各位小心，要過馬路了，如果你曾經來過這裡，你一定知道，這裡的人是不理會交通規則的。駕車的人不看交通燈、標誌，所以行人過馬路也不用看燈，看車就行了。別看開車的都殺氣騰騰的，你走下馬路，他們自然會配合你，讓開一條路給你通過，這叫亂中有序，車和行人互相遷就，就是我們的交通規則。

好，大家都安全過馬路了，並不是想像的那樣危險，對不對？人就是這樣的，在法律無法施行的時候，總會找到一個自我調適的方法，將就一下，日子就過下去了。

請各位看看我們的左邊，這是一條巷子，我們的城市中這樣的巷子不計其數，有的長、有的短；有的簡單率直，從一條街穿出另一條街；有的複雜，巷中有巷、迂迴曲折猶如迷宮。但我們不需要進去，我想指給各位看的，是巷口的小咖啡店。各位大概都有機會去過歐洲，見過人家的露天咖啡店。說起露天咖啡店，你會聯想到什麼呢？是歐洲式的浪漫嗎？這個咖啡店也是露天的，但很難讓人聯想起浪漫，簡陋的木桌木椅，有的矮得像給幼稚園小朋友坐的，坐著喝咖啡的人也不是舉止優雅的時尚男女，而是販夫走卒，可是他們喝的，是世界首屈一指的上等咖啡呢。

每一條巷口，可以說，都是一個做生意的黃金地點，也不止是開咖啡店，有的賣小吃、有的賣野味，什麼穿山甲果子狸都可以找到。瀕臨絕種的受保護動物？那我可不敢說，呵呵。以前在巷口還可以看到一些租書攤子，像我們巷子外面就有一個，我姊我哥每天傍晚都去租一堆漫畫雜誌回來。那年解放軍打到城外，總統下台、全市戒嚴了，我姊還臨危不亂的趕去趁人家收攤前租回來一大堆書，不能外出的那幾天就靠那些打發時間。我哥一看，都是言情小說、電影畫報，他不愛看那些，自己又跑出去，另外租了一堆漫畫回來，還招我媽罵了一頓。所以呢，當人家不顧戒嚴令，跑去碼頭、跑去美國大使館擠上直升機，當解放軍的坦克開進總統府的時候，我們還抱著那一大堆不三不四的漫畫雜誌，一點兒不知道，世界已不是以前的世界了。

都不是以前的世界了……老實說，我還真懷念那些租書攤子呢。我爸有時也去租書，不像我們在書堆裡翻來翻去，而是直接找書攤的老闆，老闆就不知從什麼地方拿出一本書，鬼鬼祟祟塞給他，特務交換情報似的，後來我長大了，才知道那些是什麼書，反而有點同情起他來了，不是嗎？那時候要找一兩本那種書都不容易，現在呢，一上網就是一大堆一大堆，方便極了，呵呵。時代真的不同了，現在哪裡還有租書攤呢？

和租書攤一樣消失了的，是照相館。各位請看這邊，這家生意好得不得了的手機店，三十多年前是一家照相館，我們辦證件需要照片，就來這裡拍一張。拍得好的就放到櫥窗裡，其中一張是我哥的，他小學畢業時在這裡拍的照片，在櫥窗裡擺了好多年。待會兒要是順路經過我家，我可以給各位看看。

好，大家注意，又要過馬路了，這條馬路不寬，各位也比較有經驗了對不對？馬路這邊是一家酒店，叫「同慶」，考考你，為什麼叫同慶？普天同慶？酒店是喝喜酒擺壽宴的地方，這樣解釋可能很合理，但其實酒店叫同慶，是因為這條街以前叫同慶大道，同慶是阮氏王朝一個皇帝的年號，你有沒有去過中部的順化？那是阮朝的首都，現在叫「故都」。越南有三都：首都河內、故都順化，西貢呢？西貢是廢都，被廢黜了的首都，呵呵。阮朝其他皇帝年號被用來做街名的還有盛泰、咸宜、維新等等，但同慶在位只有三年，二十四歲就死掉了，而且他對法國殖民政府卑躬屈膝、唯命是從，在歷史上的名聲並不是很好，不值得用這樣一條大街來紀念他，所以後來就改了名。街名改了，酒店卻沒改，同慶酒店還是有名的餅家，我聽說在歐美各國一些大城市，越南人聚居的地方，總會有一家叫同慶的餅店、或者餐館，大概不是連鎖店，也和這家同慶老店沒有關係，更扯不上百年前那個短命的同慶皇帝了。那些開餅店的都是第一代的船民，他們飄洋過海，在異國落地生根，要開店的時候，自然就會用上一些老字號，讓人家一看就知道：啊，開店的是越南來的同鄉，許多越南美食就是這樣被船民傳到世界各地的……各位大概都不記得當年的船民潮了吧？

啊，你記得？嘿嘿，你不該舉手承認的，船民潮已經是三十幾年前的事了。你這一承認，不就等於告訴人家你已經老大不小了嗎？呵呵，對不起，開玩笑的，你別往心裡去；你記得的船民潮是怎麼樣的？新聞照片上看到的？我們那時看不到外國的新聞照片，但都有聽外國的電台，那時幾乎每天都是頭條新聞，今天多少人到了馬來西亞，明天又有哪條船在香港靠岸，你看到的照片，應該就是一條條簡陋單薄的漁船，擠滿了男女老幼，面無表情地望著鏡頭對不對？我自己要到很多年後才看到那些照片，所以船上怎麼擠、過程怎麼危險，像我這樣沒有實際經驗的人是很難想像的，不過偷渡的故事可聽得多了，什麼離奇荒怪的都有，其中一個是這樣的，說是一家人有兄弟倆，哥哥先出了海，不幸沉船遇難，幾個月後弟弟又上了另一條船，快到公海的時候，忽然風浪大作，眼看單薄的漁船就要挺不住了，船上的人卻聽到黑夜的海上隱隱好像有人在叫喊，再仔細聽聽，那的確是人聲，不知怎的在狂風大浪中仍然清清楚楚地傳到他們的耳朵裡，叫喚的是一個人的名字，那個弟弟的名字。船上有人識得他的，登時慌亂起來，都說是冤死鬼索命，不由分說就把那弟弟抓住丟到海裡，免得叫他連累了大夥。結果呢？那弟弟在海裡泡了一夜，第二天風平浪靜之後，被路過的外國商船救起來，可那條小漁船，連同船上天知道多少人，卻再也找不到了。後來那弟弟才說起，那天晚上確實有一個聲音在叫喚他，一個他再熟悉不過的聲音，正是早些時偷渡出海、卻不幸遇難的他的哥哥。所以那就不是什麼冤魂索命了，他哥哥那樣急切地叫喚他，是要他趕快離開那條隨時會沉沒的船。這是真人真事哦，我不騙你，故事中的兄弟倆，是我一個同學的表親，我同學後來還把這故事寫成小說呢。

每一個撿回一條命的船民都有一段故事啊，那些沉到海底的就更數不清了。你看對面那幢房子，五層樓高，是新蓋的，房子的主人是一家什麼外資公司的廠長，兩三年前才買下這座舊房子，他可是撿了個大便宜，因為那房子擱在那裡好久了，一直賣不出去，為什麼？鬧鬼啊。房子以前的主人就是偷渡的時候沉船死的，一家十三口，有一半是小孩，沒一個活著回來，正巧那房子也是十三號，所以鬧鬼鬧得特別兇，一到晚上就傳出小孩的笑鬧聲、大人的哭聲，哪裡有人敢住進去？荒廢了好多年，現在這個廠長把它拆掉另蓋一幢新的，卻也沒聽到有什麼怪事發生，不知是不是過了這麼久，那怨氣已慢慢消散了？

你說什麼？那時我怎麼沒去偷渡？你這話真是，我偷渡去了，今天誰來給你當導遊呢？呵呵。我要是偷渡去了，今天說不定就在外國開了家同慶餅店了。其實那時差不多每一家都有人去偷渡的，我們家當然也有，不是我，是我爸帶著我哥我姊，留下我和妹妹跟著我媽。為什麼不是全家人一起去？也許當時我們太小，也許湊不出路費，不過，幸虧我爸把我留下來了，今天我才能站在這兒跟各位胡說八道，否則別說是開餅店，連吃餅都沒我的份了。也許這就是他不帶我去的原因，這樣就是出了什麼事，也不至於全家人一起遭殃，像鬼屋那十三口一樣。

那是雨季，那年的雨水好像特別多，我爸和我姊、我哥下船後，連著好多天夜裡都倒水似的下著大雨，顯然不是適宜出海的天氣，然後有一天晚上我聽到有人拍門，我記得那時停電，我舉著油燈去開門，門外是我爸，他渾身都濕透了，頭髮滴著水，一張慘白慘白的臉，進門後還摸摸我的頭，什麼都沒說，就逕自走進廚房裡去。你知道我當時的反應是什麼嗎？我當時想，我爸怕是死掉了，回來的是他的鬼魂。鬼故事不都這樣說的嗎，人死後多少天回魂，回家來吃家人留給他的供品……

我爸當然還活著；沒能活著回來的是我姊和我哥。我媽瞪著那扇敞開的門，過了半晌，除了雨點濺進來弄濕了一片地板，再也不見半個人影，我媽的臉色也白了，居然還記得先叫我關上門、帶妹妹回房裡睡覺，才進廚房去看我爸。

那就是我記得的船民潮：停電的夜晚、鋪天蓋地的雨、以及我爸慘白的臉。那晚我哪裡還睡得著？雨下了一夜，我媽在廚房裡也啜泣了一夜。那之後好長一段時間，每次晚上一下大雨，我就心驚膽跳，整晚睡不著。

各位請看這邊，這個小弄堂裡面，就是我的家了。不是我現在的家，我結婚後就搬開住了，這是我小時候的家，我爸我媽還有我妹妹都住在這裡，進來坐坐，喝杯茶吧，從這個樓梯上去二樓，右邊第三家就是。這裡是堤岸區，居民大部分是華人，不過你不要叫它唐人街，我們這兒沒有唐人街這個名稱，西方國家的唐人街，華人聚居的地方真的只是一兩條街，可我們這裡一大片區域，差不多半個城市都是華人，小鼻子小眼睛的唐人街怎麼能比？規模不一樣的。幾十年前這華人聚居的半個城市，中國味道還要濃，許多世代住在這裡的華人，連越南話都不會說，甚至和越南人較多的另一半城市老死不相往來。可現在已經不同了，八十後、九十後的年輕華人反而有許多說不來華語，不過還是比西方國家好啦，有朋友從美國回來，他們的小孩都只說英語，連自己的中文名字都不會寫了。我因為是當了導遊，說華語的機會多些，還學會了不同的口音，廣東話不消說，我還可以跟台灣團友說台灣國語夾著一兩句閩南話，大陸遊客的話，就捲起舌頭來一段京片子，呵呵。

這是我媽，她說話有很重的口音，就算你聽得懂廣東話也未必明白她說什麼。她剛剛說的是，不要吵醒爸爸。我爸整天在睡覺，不過你放心，沒有人能吵醒他的。

各位請隨便坐，歇過了，我再帶大家到其他地方走走。

我們這裡是區內最老舊的建築物，算得上是古蹟了，有保留價值，所以這些年市內到處大興土木，新的高樓大廈不斷冒出來，廢都西貢算是百廢俱興，我們卻還是老樣子。我也有好幾個禮拜沒回來了，先給我哥我姊上炷香再說。這就是我哥，剛剛我說的擺在照相館櫥窗裡的照片，就是這一張，你看他笑得多開心，怎麼看都不像是短命相吧？還有我姊，她以前在學校的成績很好，本來有機會到台灣升學的，想不到啊……

他們當時偷渡出事的詳細情形怎樣，我也不清楚，我媽說，我爸回來那晚，只反覆喃喃的說：「沒了，沒了，都沒了……」，總之大約是船沉了，我爸和為數不多的幾個人被漁船救起來，我媽也不忍心追問，想等過一段日子他情緒平復之後再說，可是再也沒有機會了。

回來後幾個月，我爸大半時間都只呆呆地坐在一張籐椅上，瞪著門外。他第一次發病時就這樣坐著，那時是黃昏，我家大門朝西，那天的晚霞特別紅，紅得像血一樣，我爸看著看著臉色就變了，我見他站起來，逃避什麼似地回到房裡去，躺在床上就睡著了，晚飯也不出來吃，叫他也不醒。那次他足足睡了三天。

從那時起，他發病愈來愈頻繁，昏睡的時間也愈來愈長，往往十天半月不醒，醒了也只發呆，不然就去個洗手間、吃點東西，沒多久就又昏睡過去。一開始我們也有點擔心，但我爸只是昏睡，並不妨礙什麼人，漸漸地我們也就習慣了。我知道心理學家對這個會有很合理的解釋，我老婆也跟我說過，好像是一種什麼自我保護的機制，和寒帶動物冬眠的習慣差不多，當氣候轉變、生存條件變得惡劣、覓食不易，這個機制就會啟動，令動物陷入睡眠狀態，熬過漫長的冬天。我們平時受了什麼挫折，做錯事挨罵啦、考試不及格啦、失戀啦，或者碰上解決不了的問題，心裡不痛快，都會蒙頭大睡一覺，什麼都不看、什麼都不想，把世界關在外面，醒來後心情就好多了。我爸也是一樣，只是他受的打擊太嚴重了，所以這一覺一睡就是三十幾年。

這三十幾年間，改革了，開放了，我和我妹長大了，我結婚生子了，他也沒醒過來。他雖然還活著，但已經不存在我們的日常生活中了，只有偶爾傍晚天邊出現那血一樣的晚霞時，我會想那血紅的晚霞令他想起了什麼？喚起了什麼可怕的記憶？我們也許永遠不會知道答案，我則每次看見那像要滴出血的晚霞時，心裡都有一種很不舒服的感覺，直到幾年前從那個漁村回來之後，才好多了。

那時我迷上了攝影。我一直對攝影有興趣，但又沒耐性去學那些暗房的技術，後來有了數碼相機就方便多了，我買了第一部數碼相機，不帶團的日子，就騎著機車到一些窮鄉僻壤去拍照。那天我走著走著就迷路了，不知怎麼去到一個海邊的小漁村，在那裡我見到了那些墳墓。

墳墓在近海的一個小山丘上，總有十幾二十座，乍看還以為是一個公墓，但走近了才發現都沒有墓碑，沒有姓名或生卒年月，只有兩片木板釘成的一個個小十字架。周圍也不見任何標誌或告示，但我隱隱可以猜得出來，埋在那裡的是什麼人。後來碰上一個漁夫，他證實了我的猜測，那些都是船民潮最高峰時的死難者，他們的船沉了，屍體被沖回岸邊，漁民便把他們就地收葬。那漁夫說那時他還是個小孩，也幫著大人挖坑、埋葬那些屍體。這麼說來他就和我差不多年紀了，但看起來比我老得多，可能鄉下人不如我們懂得保養吧，呵呵。

我在那些墳墓旁邊坐了一整個下午，和那漁夫聊了很多，我們成長的環境雖然很不同，但都經歷過那段驚濤駭浪的日子，盡管那時我們還小，不能完全瞭解周圍發生了什麼事，可我們都見過、聽過，也都記得、都能活著講述那些故事。說我們是從死人堆裡爬出來的未免有點誇張，不過那時真的有不少人沒能活下來喔，像我哥我姊，有人雖然撿回一條命，卻再也沒有從那場噩夢中醒過來……

那天我一直坐到黃昏，天邊又出現了彷彿要滴出血來的晚霞，但我再沒有那種不舒服的感覺。我知道在其他人跡罕至的漁村，一定也有那樣的一座座無名墳墓，其中埋著的可能有我哥我姊，或者其他我認識的人。我忽然有種想法，要是能開一條旅遊線，帶遊客去探訪這些海邊的墳墓，為他們講述那個年代的故事，一定很有意義，至少比去看什麼古芝地道有意義多了。啊，你有興趣去看看？不行的啦，這只是我的空想，不可能實現的。是的，這是我們的歷史，但歷史也有兩種，一種是向外人炫耀的，另一種是唯恐人家知道的，什麼歷史該大事宣揚，什麼歷史提都不能提，都不是我們能作主的，老闆跟我再要好也沒用，就算旅行社是我開的也辦不到，對不起哦。

好，各位都休息得差不多了吧？我們再繼續到華人聚居的堤岸區走走，時候還早，我會帶大家去試試一些路邊攤的小吃，你以為越南美食只有牛肉粉和紮肉嗎？路邊攤那些才是道地的越南美食喔，大餐廳吃不到的，不過衛生嘛是比大餐廳差點兒，所以我希望各位的腸胃都夠好，不要吃過之後拉肚子，然後向旅行社投訴，我就麻煩了，呵呵。大家小心看車，又要過馬路了……

綠豆冰

散場後的電影院，步出疏疏落落的觀眾，像獲釋的囚犯。一個膚色黝黑的粗壯漢子還張大嘴巴，很誇張地打了個呵欠，不問而知電影並不怎麼好看。他的兩個同伴被傳染似的也跟著打起呵欠來。三個人都理著平頭，是休假中的士兵。

黑壯漢搖著頭說：「蘇聯電影真沒勁，又枯燥又沉悶，早知道去看東德片還好些。」

「又是你說要看文藝片的，」他身邊一個高個兒的同伴說：「東德拍來拍去都是第二次世界大戰的特務片，看多了也膩。」

「也不全是特務片，」另一個看起來最年輕、長得也比他們清秀的士兵笑說：「東德也拍了不少美國式的西部片呢。」

「那有點奇怪不是嗎？」高個子說：「西部片是美國特有的片種，別的國家怎麼能拍？」

「控訴美帝剝削土著啊。」

「美國人怎麼對待印第安人，關他什麼事？」高個子撇撇嘴：「總之德國人拍西部片就是不對勁。我寧可看特務片。」

「看什麼片子都好，千萬不要看羅馬尼亞的。」黑壯漢說：「那次我不小心看了一部，從頭到尾都不知道它在說什麼。我發誓，以後再也不要看羅馬尼亞那些鬼東西。」

高個子一臉的不可思議：「不知道它說什麼，你居然還能從頭看到尾？」

「也許不是電影拍得不好，」長相清秀的說：「最討厭的還是那些配音——」

「對對對，」不等他說完，黑壯漢就搶過話頭：「那哪能叫配音？根本就是同一個人把整部片子的對白從頭到尾唸一遍，平平板板的聲調，有時候哪句話是誰說的都分不清，電影拍得再好又有什麼用？聽到那個讀台詞的聲音就倒胃口。怎麼不打字幕呢？以前我們看外國片不都是打字幕的嗎？」

「也許是考慮到勞動人民多半不識字吧。」長相清秀的笑起來，他是個愛笑的年輕人，有一口整齊的白牙。他的同伴高個子則長著一張有稜有角的臉，讓他看起來多了幾分老成：「要不要去吃點東西？」

「吃點東西也好，來點冷飲就更好了。——好熱的天，雨季怎麼還不來呢？」黑壯漢抹抹額角的汗，抬頭看看，天上一片雲都沒有，星星幸災樂禍似的衝著他眨眼睛。

「附近有賣吃的麼？」清秀的年輕士兵對高個子說：「這一區你熟，你帶路吧。」

賣吃的其實就在戲院後面，而且不止一兩個，而是十幾個攤子分布在一片空地上，又是炸麵又是煎糕，加上各種冷飲甜食，空氣中瀰漫濃濃的蔥油香味，叫人聞著就餓了。

三個人找了張空桌坐下，沒靠背的摺椅在凹凸不平的地面上雖不很穩當，人坐上去也不至於翻倒，客人在等待飲食上桌時有一下沒一下的顛簸著，倒像在玩什麼打發時間的遊戲。簡陋的摺桌也有點晃動不定，鋁質桌面抹得很乾淨，手臂擱上去涼涼的，但透著一股抹布的氣味。他們一人叫了一碗雲吞麵，呼嚕呼嚕的吃起來。黑壯漢嚼著一口麵，口齒不清的說：「有賣冷飲的麼？」

「那邊就是。」高個子朝賣冷熱甜食的一個年輕女孩招招手：「妹妹，來三杯綠豆冰。」女孩看著他們，不知怎麼好像有點手足無措，高個子又提高聲音重覆一次，女孩更明顯的慌亂起來，扭頭向甜品攤子一個女人說了些什麼，像是老闆娘的女人抬頭望望他們，高個子索性站起來，舉起三根手指，又叫了一遍：「綠豆冰，三杯！」「三杯綠豆冰，馬上來！」那女人總算應了他一句。

「媽的。」高個子這才又坐下來。

「怎麼啦？」年輕的士兵問。

「聽不懂越南話，小的那個。」

年輕的士兵轉頭看看，女孩大約十五六歲，頭髮束成一根長長的馬尾，走來走去為客人端上飲料。「聽不懂？怎麼會？」

「怎麼不會？」黑壯漢仍然含著一口麵條，不清不楚的嘟囔：「這裡不是華人區嗎？不懂越南話的華人多著呢。」

「不，我是說像她這個年紀，怎麼會不懂？」年輕的士兵說：「老一輩的華人很多不能說越南話我知道，但十幾歲的小姑娘，應該有上學的吧？學校應該有越文課程的吧？」

「有是有」黑壯漢吞下一顆雲吞：「但都是做做樣子的。我有個親戚以前在華人中學教書，他最清楚，他們的學校注重的是華文，越文課程都是給督學看的。許多學生中學畢業後，連一篇像樣的越文都寫不出來。」

「但也不至於一句話都聽不懂吧？」年輕的士兵仍然無法理解。

「我看她八成念的是另一種中學。」高個子吃光了他的雲吞麵，打個飽嗝，拿了根牙籤剔牙：「有幾間中學根本沒有越文課程，教的是華文、英文、法文，學生多半是外交人員的子女，也有收本地的華人學生。上那種學校，家境想必很好，要不是時局變了，她也不用來這些地方工作——」

「這不是很不合理嗎？」黑壯漢忿忿不平：「在這個國家土生土長，上學念書，卻一句本地話都不會說？」

高個子點點頭：「是不合理，可他們的日常生活也沒什麼不方便，他們上學、上班、做買賣，接觸的都是華人，以前他們還有自己的報紙、自己的醫院、戲院，更不用說各行各業的商店了，剛才我們去的那家戲院，以前放映的都是香港台灣的華語片，不會說越南話，對他們來說根本不是問題。」

「香港那些武俠片倒是很好看，」黑壯漢說：「至少比蘇聯片好多了。」

聽不懂越南話的女孩把他們的綠豆冰端了過來，年輕的士兵不免多打量了她兩眼。見到年輕的士兵在看她，女孩靦覥地笑笑，他這才發現她有一顆淺淺的酒窩。女孩放下飲料，抬手掠掠頭髮，天氣這樣熱，她頭臉卻是一滴汗也沒有，清清爽爽的。她轉身時，長長的馬尾拂過年輕士兵的臉，柔柔的髮絲讓他心頭一盪。他喝著綠豆冰，甜甜涼涼的液體令他自覺也清爽起來。

年輕士兵認識的華人不多；在這個城市長大，近在咫尺的這個華人區他也不常涉足，正如區內的華人有許多從未去過市內越南人較多的地區，他們比鄰而居，卻活在兩個世界之中，對於華人，年輕士兵只從道聽塗說中得到一些刻板印象，知道他們大多保守、迷信，有強烈的地域觀念，而且都很會做生意。這些說法有多準確他不知道，其實除了做生意之外，那些保守、迷信、地域觀念云云拿來形容越南人不也很恰當？眼前這個賣冷飲的華人女孩，看起來和其他同齡的越南女孩沒什麼兩樣，換個環境，他未必就能分辨得出她是華人還是越南人。他的眼光追隨著她忙碌的身影，隔著煙火和油炸氣味看著她穿梭來去，送上甜品、收拾杯子、收錢找錢，冷不防她一抬頭，見到年輕的士兵又在盯著她，微微一怔，馬上垂下頭，淺淺的酒窩又閃動了一下。年輕的士兵訕訕地低頭喝他的綠豆冰，黑壯漢還在絮絮的數落：「……他們也都不當兵，總是想盡方法，躲到鄉下、找機會逃去外國，要不然就行賄，或者捏造一些毛病，有人為了可以免役，甚至把小指頭也剁下來，居然還理直氣壯的說，我又不是越南人，你們打仗，為什麼要我們去送死？」

「那也是人之常情呀。」高個子嘆口氣：「有誰是心甘情願去當兵的呢？要是天下太平，服服兵役、守守邊境那也罷了，偏偏我們又是真槍實彈的上戰場拼命，也是怪不得他們的。」

黑壯漢仰頭喝光他的綠豆冰：「我們也馬上就要真槍實彈的去拼命了。柬埔寨那邊的情形很緊張，你們聽說沒有？」

「是有不少人逃過來，」高個子壓低了聲音：「都說他們的新政權兇得很，已經有好多人被處決了，手段好像還很殘忍喔。比起來我們這個革命政府還算是好的。」

「赤柬對我們的態度也很不友善的樣子。你看會不會打起來？」

「難說。」高個子向冷飲攤子招招手，年輕的士兵暗暗希望女孩會過來收錢，但來的是另一個小男孩，使他意外的是男孩倒能說流利的越南話。也許女孩和他們不是一家人，他想。臨走時他想再看一眼那淺淺的酒窩，但只看到她的背影，長長的馬尾，他回味著她柔柔的髮絲拂在他臉上的感覺。

兩天後，年輕的士兵和他的同伴結束休假，返回部隊裡，這一去就是三年。

這三年間，他經歷了兩場戰爭。和柬埔寨的關係果然迅速惡化，雙方結結實實打了一仗，最後他們挺進柬埔寨境內，推翻赤柬政權，也才知道這個國家在過去這幾年所經歷的，比他們聽聞的還要慘酷不知多少倍。赤柬的兇殘是駭人聽聞的，短短三年的統治期間，天知道他們已經屠殺了多少無辜百姓，年輕士兵見到的柬埔寨已經不能算是一個國家了，而是一個巨大的屠場，他們的軍隊所經之處，觸目所及已少有活人，只有在情況穩定下來之後，才從一些學校之類的建築物改成的森嚴集中營步出為數不多的倖存者，人人一身黑布衣褲，形容枯槁、腳步輕浮，一個個幽靈也似的木然瞪視著這些來解救他們的鄰國士兵，卻看不出任何欣喜或激動，事實上也沒有什麼值得欣喜的，倖存者的家人可能多半已遭殺害，他們已一無所有，除了撿回來的這條性命，以及將永遠纏繞著他們的可怕記憶。年輕的士兵和他的同袍則震懾於他們眼見的景象，卻無法理解這場大屠殺的動機是什麼。人類歷史上不是沒有過規模也許更大的滅族殺戮，但針對的都是異族，像赤柬這樣大肆屠殺自己的同胞，好像還找不出先例。年輕的士兵開始相信，戰爭有時候是必須的，面對像赤柬這樣野蠻無人性的殺人者，除了以殺止殺，還能有什麼更文明的解決方法呢？而自我孤立、和外界素無聯繫也少有利益衝突的柬埔寨，赤柬統治期間發生的一切世人似乎一無所知。年輕的士兵慶幸自己參與了這場戰爭，結束了這場失去理性的大屠殺，遺憾的是，他們還是來遲了三年。

如果出征柬埔寨讓年輕的士兵覺得自豪，那麼緊接著爆發的另一場戰事卻令他困惑了。推翻了赤柬之後，他們席不暇暖的又被調往北方邊境，這次面對的是傳統的北方強鄰中國。和中國之間的衝突可以說是柬埔寨戰事的延續，人人都知道赤柬是得到中國支持的，但赤柬被推翻、大屠殺的真相揭露之後，中國已迅速和聲名狼藉的殺人政權劃清界線，只是這樣一來，中越邊境的衝突就變得師出無名了。雙方只好互相指責，你說我犯境、我說你侵略，小孩子似的你推我一把，我搡你一下，中國好像還譴責越南排華，然後就升級到正式宣戰，糊里糊塗打了一陣，雙方又爭相宣布己方戰勝，各自聲稱侵略者已被逐出境外。年輕的士兵覺得這簡直太兒戲了，固然並非每一場戰爭都有明確的是非黑白，誰代表正義誰代表邪惡，就拿和赤柬的一戰來說，外面不也有人說他們是侵略？而且不一定每次都是對的一方獲勝，但至少誰勝誰敗是看得出來的吧？好像奠邊府的勝利終結殖民制度、解放軍長驅直入西貢迫令南方共和政府投降、以及他親身經歷的推翻赤柬政權那一役，莫不如此；一場雙方都宣布勝利的戰爭是什麼戰爭？這樣的戰爭又有什麼意義？

戰爭即使毫無意義，刀槍砲彈仍然是真實的，雙方的傷亡軍民也是真實的。年輕士兵的同袍，那個黑壯的漢子，就在一個清涼有風的夜晚倒在北方的邊境上，他死的時候，圓睜的眼睛瞪視著一天熠熠的繁星，似乎仍在抱怨雨季怎麼還不來。如果可以選擇的話，他也許寧可死在柬埔寨的戰場上吧。黑壯漢陣亡後沒多久，年輕的士兵自己也受了傷，一塊彈片嵌進他的右腿，令他從此走路有點拐，但總算僥倖保住了性命，他也因此得以退役，脫下戎裝，回到他生長的這個城市。

而城市已不復是他記憶中的樣貌了。在他轉戰南北的三四年間，這座城市也遭受了不下於戰火蹂躪的大變故，退伍的士兵慢慢地才從別人的口中約略知道，過去一年，中央發動了一場大規模的清算運動，針對的是市內以至整個南方的個體商戶；而經商的又大部分是華人，所以看起來這就像是一場針對華人的大清算了。退伍的士兵這才明白中國指責越南排華的真正原因。

「為什麼好端端會來這麼一場運動呢？」退伍的士兵問：「早兩年私人的店舖不是還可以照舊營業的嗎？」

「國家的政策說變就變，誰說得準？」人家說：「聽說中央早就想整頓這些資本主義的商店了，是以前的市委給拖了下來，後來好像是市委那些頭頭失勢了，所以才這個……」

這是一場斬草除根式的清算，迅速、徹底而極有效率。以華人為主的個體商戶在短短幾個月之內被清除淨盡，原本商店林立的那半個華人聚居的城市，如今像大戰過後的一片冷清蕭條。走在這些街道上，退伍的士兵總會聯想起柬埔寨，想起那些荒漠大地上幽靈般閃現的倖存人口，他聽說中央對商人施行的政策極為嚴酷，不但把他們的財產房屋全部沒收，還強行將他們驅趕到邊遠地區去開荒，這和赤柬的狠辣有多大分別呢？仍然年輕的退伍士兵不能明白，一個可以興正義之師、解鄰國人民倒懸之苦的政府，為什麼會對自己的百姓施行同樣暴虐的手段？但並不是每個人都像他這麼想。

「這和赤柬怎麼能比呢？」人家對他說：「至少這個政府不那麼兇殘，一殺就是成千上萬；如果付得出金子，還可以讓你乘船離開，放你一條生路，比赤柬好多了。」

退伍的士兵付不出金子，他也沒有非要離開這個國家不可的理由，然而拖著一條傷腿，要做什麼也不容易，他只好在家人開的一個路邊咖啡攤幫忙，每天在咖啡濃濃的香氣中，聽客人互相交換有關偷渡的訊息，交換彼此親友成功或失敗的偷渡經歷，而過不多久，這些客人自己或失敗或成功的偷渡經歷又會在別人口中轉述……，聽著那些故事，退伍的士兵變得越來越沉靜，也不像以前那樣愛笑了。

不在咖啡攤幫忙的時候，唯一的消遣就是看電影。一天晚上，他胡亂進了一家戲院，什麼片子也沒搞清楚，銀幕上不知哪一國的語言加上平平板板的越南語配音，唸新聞稿似的有催眠的功效，看不到十分鐘他就睡著了，醒來的時候已經散場，觀眾都快走光了，他錯過了一場異國的悲歡離合，卻也不覺得有多麼惋惜。他坐在巨大而空洞的戲院中，有一種奇異的、時間停頓下來了的錯覺。

退伍的士兵出來的時候瞄了一眼電影海報，是保加利亞的片子。他告訴自己，以後再也不要看這個國家的電影了。

電影院後面是一些小吃攤子。退伍的士兵信步走過去，一些零碎的印象像前世的記憶慢慢浮現。他四處張望，小吃攤子顯然比幾年前少了許多，煎炸的氣味似乎也清淡不少，他找到那個賣冷熱甜食的攤子，老闆娘還是那個中年女人，卻不見了有著長長馬尾的年輕女孩。

他叫了一杯綠豆冰，百無聊賴的把碎冰塊咬得咯咯作響。

「生意越來越不好做了。」老闆娘在跟客人訴著苦：「我這攤子也不知還能撐多久？早晚怕還是要收掉。」

「收掉就收掉吧，」客人應她：「你和你老公也不需要靠它吃飯，你兒子不是早到了外國嗎？等他寄錢回來養你們就好了。」

「還在難民營呢。」老闆娘說，退伍的士兵這才聽出來，她的越南話有一點口音：「等著別的國家接去，一時半會還沒——」

「他申請去哪個國家？美國？加拿大？」

「都不是。是一個叫什麼威的國家，我也不知道是什麼地方，聽說那裡老是下雪的。」

「是拿威吧，和美國很近的。」客人一副見聞廣博的樣子：「為什麼不去美國呢？」

「他說這些小國家，申請的人少，不需要等那麼久，而且福利也好——」

「不是常常下雪嗎？」這客人顯然很喜歡打斷別人的話頭：「能住得慣？」

「我也是這麼說，不過他在外面，要怎麼做，有他自己的主意，我也——」

「他是自己一個人出去的？」

「是跟我一個親戚去的。」老闆娘說：「我一個遠房表姊。她對我說保證安全的，要我們一家三口跟她去，我說我哪有那麼多金子，她就帶了我兒子去，費用都由她付。」

「有這麼好的人啊？也算難得了。」

「好心沒好報啊，這時世。」老闆娘嘆口氣，狠狠擦拭一張已經很乾淨的桌子，好像親戚的好心沒好報全是這張桌子害的。

「怎麼說呢？」

「幫我帶了個兒子出去，自己卻丟了個女兒啦。」

「怎會這樣呢？不是說保證安全的嗎？」

「那是從這裡到公海，保證不會被抓回來。出了公海之後，誰能保證什麼？」老闆娘說：「出了公海沒多遠，就遇上海盜啦。所有值錢的東西都被搶光不說，船上年輕的女孩也被搶去了，我表姐只有一個女兒，才十八歲哦，早兩年還在我這個攤子上幫過忙的，你見過沒有？長頭髮，臉上有個酒窩，乖巧的，就那樣被海盜擄走了，我跟我兒子說——」

「他們不該往南邊走的，」喜歡打斷別人話頭的客人很有經驗的說：「那裡近泰國，海盜多，我對門那家人的親戚就是，……」

年輕的退伍士兵站起來，付了錢，把喝不完的綠豆冰和聽不完的偷渡故事留給甜品攤的老闆娘，一個人靜靜走開。他走得那樣慢，好像盡量拖延著，不讓黑暗而巨大的夜把他吞沒，以致他受傷的腿看起來也不那麼顯眼了。

遠處不知什麼地方傳來一兩聲狗吠，退伍士兵的身影終究還是融入了夜色之中。

夜更深了，還要過好久天才會亮。

天台

終於還是要拆了。

回到酒店的房間，腦子裡就只有這句話：「終於還是要拆了」。

其實我一直以為早就拆掉了，也早就該拆掉了，剛才喪禮上聽誰說起那一區的幾座舊樓快要拆了，第一個反應不就是：「怎麼？那座大廈還在嗎？」以這個城市近年發展的速度，我以為早就改建成什麼酒店或者商業大樓了，因此也沒怎麼放在心上，但現在知道它原來這些年一直都還存在，反而有點依依不捨起來。一定老舊得不成樣子了吧，尤其是周圍出現了那麼多又新又現代化的建築物？也許該去看看它最後一眼，我想。

離開越南三十多年，這是我第一次回來，奇怪並沒有太強烈的感受，可能聽人家說得多了，照片影帶的什麼都看過，對近年來的種種變化有了足夠的心理準備，明知我見到的不會再是我記憶中的景象，以前住過的家、讀過的學校、每天穿過的小巷、看過電影的戲院……都通通不在了，即使是自己生長的地方，也和任一個陌生的城市沒有分別，沒有期待，因而也不會失望。但一聽到那座大廈還在，一切消失了的東西就都回來了，也和我有了聯繫，彷彿一個回到陽間的鬼魂，認出了自己生前的種種，「彷如隔世」是一句俗濫的詞兒，但真的是那個感覺。

我倒在床上，大熱天送殯夠累人的。芮妮在一旁絮絮的說些什麼，聲音一半失落在冷氣機暗暗的響聲中，我都沒聽清，好像是說你姊夫多麼有錢啦、你姊的遺照多麼富泰，看不出那麼短命啦，女人總是對這些八卦花邊最有興趣。

在喪禮上我想起細妹。細妹沒出席喪禮，當然沒有，她根本不知道芸姊去世的消息。細妹和她媽媽好像在澳洲——還是紐西蘭？反正就那一帶。地球一端兩個鄰近的國家，從另一端看過去就容易混淆了，好像很多越南的朋友就弄不清楚我們從哪裡回來的，加拿大？還是美國？隔得遠了，就會面目模糊、輪廓不清，小時候從那座大廈的天台遠眺自己的家也是一樣。

隔著悠悠的時間大河往回看，記憶也會變得模糊不清嗎？

「不管在天南地北，中國人的婚葬習俗看來都差不多。」芮妮說：「但你們這兒有一樣是我在別處沒見過的。」

「你說的是那把紙扇吧？」

「對啊，送喪的人，每人派一把紙扇，扇柄還用橡皮筋綁著一顆糖果、一張紅紙包著的鈔票。是什麼含意呢？」

「誰知道？我記得幾十年前，紅紙包著的是一枚硬幣。」我閉上眼睛，隔著時間大河往回看，兒時的記憶一點也不模糊。「現在都用紙幣。硬幣早淘汰掉了。」

第一次登上大廈的天台，被爸爸抱著，我手裡就握著那樣一枚硬幣。天台四周的圍牆只有爸爸的腰那麼高，不知怎地一鬆手，硬幣掉在圍牆上，彈了一下，就直直落下街心，也不知有沒有砸中什麼人。那座大廈並不太高，只有五層，程伯伯住第五層，上面就是天台，但那時候在那一區已經算得上鶴立雞群了，當時我只有兩三歲，和爸媽芸姊在程伯伯家借宿了幾天，那幾天的事一點都不記得了，只知道局勢穩定下來之後，一時還不能回家，我們走到天台上，遠處仍有零落的槍聲，爸爸抱起我，指給我看家的方向，我看不見家在那裡，天際線冒起來一股股又濃又黑的煙。長大後，每次看到「烽煙四起」這句話，我就會想起這個景象。當時我並不知道我們正遭受一場前所未有的猛烈突襲，敵軍的游擊隊幾乎攻佔了首都，我家附近是重災區，連日不斷的巷戰，許多房屋不是燒毀就是彈孔纍纍，我們家幸好安全無恙，終於可以回家時，只見一片狼藉，可以想像一家人出門時的倉皇，桌椅翻倒、糖果瓜子撒了一地。那時正是農曆新年。

這一段倉皇逃難經歷，以後每個農曆新年都會被我們憶述一次，最初的驚恐漸漸淡去，反而有一種劫後餘生見證歷史的沾沾自喜。相對之下，幾年後首都終於真正被敵方佔領時，反而沒有那麼緊張刺激了，我們緊閉家門，聽電台廣播，楊文明宣布無條件投降，一切就過去了。

動亂破壞了日常生活的秩序，像意外的假期，像我和芸姊沒來得及趕上、爸媽卻記得的早些年隔不多久就發生一次的政變，每次政變就全市戒嚴，一切日常作息被打亂，不用上班上學、不必定時吃飯睡覺，周圍的空氣凝重而興奮，原本不相識的人聚在一起，也自然會生出共患難的親切之感，像後來我們同乘一條船的難民，像細妹和芸姊。

細妹比我更小，首都遭到突襲時還抱在她媽媽的手中，對那一場戰役更是一點記憶都沒有了，可在那幾天的朝夕相處，細妹和芸姊卻成了好朋友，比我只大幾歲的芸姊已經懂得幫著照顧細妹，爾後每次程伯伯帶她來玩，細妹都黏著芸姊不肯回家。就因為這樣，後來程伯伯才把細妹託給我們照管。

那是另一次日常作息被嚴重打亂的日子，在楊文明宣布無條件投降之後那幾年，這樣的情形還發生過好多次，每當這個時候，大人們總是不敢大聲說話，一副快要大難臨頭的樣子，媽媽更是動不動就吆喝：「小孩子別問那麼多！」「小孩子不懂事，不要亂說話！」害得我也跟著瞻前顧後，莫名所以的緊張兮兮。

「不是我不想，老程，你也知道的——」爸爸不斷搓著手。程伯伯和他是多年的朋友，即使不看在那年春節到程家避難的份上，斷然拒絕的話也是說不出口的。

「我知道，不過細妹哪兒都不肯去，只願意來跟芸姊，而且阿芸不是最疼細妹嗎？應該沒問題的。」

應該沒問題吧……我一旁聽著，知道爸爸的難處，程伯伯自己應該也明白，除了細妹，我們不敢再收下別人寄存的東西了，事實上，自從鬧出紅鼻子叔叔那一袋金子的事件之後，也沒有人會拿值錢的東西來托我們保管了。

芮妮一向對我們的金子情結十分好奇，剛認識我時她就不斷追問：「在越南買房子，真是拿一片片金葉子付款的嗎？」她簡直把我們當成了還沒進化到會使用紙幣的原始部落：「我聽人家說喔，越南的人做買賣都不用支票、也不用現款，都是幾十兩幾百兩的金子遞過來遞過去，好奇怪！」

「也沒什麼好奇怪的，幾十年來貨幣不斷貶值，大筆的買賣用金子交易，雙方都不吃虧。不要說幾塊幾十塊的硬幣，現在連面額幾百元的鈔票都不見了，一開口就是成千上萬，幾千塊一杯咖啡、幾萬塊一碗麵——」

「咦，越南的貨幣單位不是盾嗎？」

「那是主流華人圈子自以為是的譯法，不知誰譯的，也沒問過我們的意見，就是譯音也譯錯了。你和本地的華人談價錢，千萬不要說多少盾，沒人聽得懂的。」

革命政府發行的鈔票也不是一下子就那樣不值錢，最初也還有一塊錢的紙幣，甚至五角一角等等。舊政權倒台後，以前的貨幣通通不用了，全部要繳出來，舊幣五百兌新幣一塊，這一場新舊兌換不用說又把我們的日常作息打亂，雞飛狗跳，人人驚惶不安，因為革命政府說得很清楚；不管家裡有多少舊幣，每一戶最多只能領到新幣兩百，超過這個數目的都要存進銀行，有需要時才向政府申請提款，手續不用說是很麻煩的。

「兩百？」第一次聽我說這段經歷，來自主流華人世界的芮妮笑起來：「那不是像玩大富翁嗎？經過起點，每人可以拿到兩百元。」

她這麼一說，我也覺得有點像大富翁的遊戲規則，但當時可沒人認為革命政府在跟我們玩什麼遊戲，因為明知錢一旦存進了革命政府的銀行，就很難再提出來了，如果那兩百塊是一個起點的話，我們走上的是一條不歸路，沒有人能再一次經過起點，再領一次兩百塊。舊幣不能不繳，就是不繳出來，早晚也變成沒用的廢紙，大家於是開始收藏起革命政府管不到的金戒指、項鍊、耳環、金條。從那時起，金子就成了私下流通的貨幣，人們把金子藏在家裡最隱密的地方，不輕易讓外人知道。所以當那個開五金店的紅鼻子叔叔帶著一袋金子來請爸爸代為保管時，事情就很不尋常了。

那是程伯伯帶細妹來的前一個禮拜。我說過，那是另一次日常作息被打亂的日子，而且比舊幣換新幣那次要嚴重得多，革命政府發起了另一場運動，比先前的運動規模都要大，連我們在學校都感覺到了。這年我剛剛升上中學，下學期開始沒多久，校方就加重了政治課的比例，從每個禮拜一兩節，變成差不多每天都有一節，專門學習黨和國家的最新政策：一項名為「社會主義工商業改造」的運動，政治課由校長同志和副校長同志親自講解，兩人都是北方幹部，並相互以同志稱呼對方；每天持續不息的強制灌輸，使我在幾十年後仍然清楚記得其內容並複述如流，運動針對的是舊社會中的資本家，他們不事生產，靠剝削工人和農民的勞動成果，從中牟取巨利，人民當家作主的新社會不能容許他們繼續存在，革命政府寬大為懷，因此發起這項運動，幫助他們結束資本主義的商業行為，移居到農村，親自體驗勞動生產的過程，從而改造成為社會主義的新人。

政治課上抽象概念一堆，落實到現實生活中來，我訝然發現這些革命政府和校長同志口中的資本家、吸血鬼，居然很大一部分是我們的同學、親戚、鄰居，是開五金店的紅鼻子叔叔、是賣文具書包的程伯伯，是從幼稚園就和我坐在一起的阿貓。阿貓家裡開的是雜貨鋪，店子又小又暗，他爸爸則又乾又瘦，一年三百六十五天都穿著一件發黃的汗衫，安靜坐在店門外一張舊藤椅上看報或者打瞌睡，怎麼看都和吸血鬼資本家什麼的扯不上關係。

幾十年後，佔領華爾街運動席捲全球，我看著那些在各大城市金融區搭帳篷舉標語的示威人群，想著1％和99％的分別，在金融區示威的人，即使是最激進的那幾個，也不會把街角慘澹經營的小雜貨店劃到百分之一的超級富豪那邊去吧？那樣的話，要打倒的就不僅僅是百分之一了，而是像我當年目睹的大清算那樣，差不多一半的人口都成為需要改造的目標，包括不起眼的阿貓家小雜貨店。

校長同志在講台上口若懸河的時候，我偷瞄一眼旁邊的空座位。運動開始沒多久，阿貓就不再來上課了。我到他雜貨店看過，只見一群人在清點店中貨物，阿貓爸爸常坐的舊藤椅四腳朝天倒在門外一灘汙水中，我只不過把椅子輕輕扶起來，店裡面的人就指著我大聲喝罵，我快步離開，沒見到阿貓，他家人也一個都不在，不知是不是像細妹這樣躲到親友家去了，因為校長同志說過，國家政策是要送他們到農村，和農民一起生活、勞動，但照紅鼻子叔叔說的，則是清點、沒收他們的所有財產，然後強行遣送他們到荒蕪的鄉野開墾，那些地方叫「新經濟區」。「進了新經濟區，就是死路一條！」他一激動，鼻子就更紅了：「那些鬼地方，沒水沒電，也是人住的？」

紅鼻子叔叔把金子寄存到我們家，顯見是信得過爸爸，因為無憑無據的，就算日後運動過去，他能吉人天相活著回來找我們，我們也可以不認帳，吞掉那一袋金子的。爸爸當然不是那樣的人，我也不是，芸姊更不是，芸姊認為那些金子是屬於國家的，任何人都不能據為己有。我不知道芸姊是什麼時候溜出去的，她帶著幾個面容冷漠的人回來時，紅鼻子叔叔還沒走，當場人贓並獲，罪名是盜竊國家財產，面容冷漠的人隨即要爸爸填寫一大堆文件表格，紅鼻子叔叔連同他的金子就被他們帶走了，我以後再也沒有見過他的紅鼻子，只記得他被帶走時混雜著錯愕、失望、悲憤的眼神。

因為是芸姊告發的，爸爸沒被扣上什麼罪名，但已經嚇得臉色發白，從此之後只要有芸姊在場，我們都覺得十分不自在，彷彿家裡平白多出來一個陌生人，甚至比陌生人還要彆扭，因為沒有人知道，這個朝夕相對的女兒、姊姊，什麼時候變成了這個樣子？

芸姊的事甚至上了報，報紙極力讚揚她的革命警惕，及時遏阻、粉碎了反動分子、資本家破壞國家政策的陰謀，芸姊成了英雄，我和爸媽卻在朋友鄰人面前抬不起頭來，雖然沒人敢當面說我們什麼，但背後的指指點點是可以想像的，連帶學校裡的同學也開始對我敬而遠之，但這老實說並沒有什麼大影響，因為運動一起來，許多像阿貓那樣家裡開店鋪做生意的都紛紛退學了，一班幾十人，學期結束之前已只剩下一半不到，隨著清算愈演愈烈，連老師都無心教學，馬虎了事，而校長同志最關心的只是政治課。

程伯伯留下細妹走了，爸爸不住的搖頭嘆氣，又和媽媽關在房間裡商議了半天，直到吃晚飯時兩人都還心事重重，媽媽炒的一碟甕菜鹽放多了，鹹得我不停喝水，又不敢說什麼，媽媽好像也不覺得，還不住問細妹：「你不吃飯？」

細妹搖搖頭：「我不餓。」

「總要吃一點吧。」媽媽夾了一筷子鹹得要命的甕菜，放到細妹碗裡。細妹盯著飯碗，好像看出那幾條菜哪兒不對勁，還是搖著頭：「不想吃。」

停了一會，她又問：「芸姊呢？」

媽媽望了爸爸一眼，爸爸心不在焉的嚼著一口甕菜，卻不見他喊鹹。媽媽說：「芸姊學校有事，晚點才回來。」

「我等芸姊回來才吃。」

那晚芸姊八點多才回來，進門見細妹坐在客廳，臉色陡地一變，但馬上恢復正常。程伯伯被清算，芸姊不會不知道，他以前有個店子賣書包文具，每次爸爸帶我去他那店子挑新書包，我的感覺都很複雜，新書包固然漂亮，裡面那些層出不窮又是鈕扣又是拉鍊彷彿讓你收藏秘密文件的暗格也很有趣，但買新書包就意味著又是一個新學年開始了，對我這種功課不好、只希望暑假永遠過不完的學生來說，新書包是歡樂假期的結束、枯燥乏味的課本和單調無趣的日子的開始。但芸姊不同，每次買了新書包她都顯得精神奕奕，人要衣裝似的需要一只全新的書包才顯出她是品學兼優的好學生。

這個聰明用功又每年考第一的學生，會六親不認到把細妹送去公安局嗎？她臉色的變化沒能逃過我的眼睛，爸媽顯然也看見了。不等芸姊開口，媽媽搶在前頭說：「廚房裡有飯菜。細妹也還沒吃，要等你回來。你們姊妹倆一起吃吧。」

一頓飯吃得很平靜，我聽到剛才老半天默不作聲的細妹在廚房裡開始輕聲地和芸姊說話，然後芸姊說：「哎喲，這菜怎那麼鹹呀，好難吃！」細妹格格地笑起來，我有點放心，芸姊大概不會報公安把細妹抓去了吧。但看見爸媽還是一副憂心忡忡的樣子，我又有點不踏實，也不敢去睡覺，雖然我不知道我能做些什麼。直到芸姊和細妹吃完了飯，然後洗碗，又等細妹上床睡了，芸姊還若無其事地去洗澡，我和爸媽就在廳裡枯坐著，像犯了什麼滔天大罪等候發落似的，爸爸一根菸接著一根，抽得廳裡煙霧瀰漫像個毒氣室，我也吸了一整晚後來才知道叫二手菸的東西。

芸姊終於出來了，眼睛沒看我們任何一個，像在對自己說話，聲音很低，但字字清晰：「細妹不能留在我們家。」

「不會留太久的。」爸爸答得很快，彷彿早就知道她會這樣說：「就一兩天，頂多。」

「程伯伯家裡很亂，你知道的，」媽媽也插上嘴，那語氣卻怎麼像在求情：「沒人照顧細妹，才放在我們這邊幾天的。」

「程伯伯沒帶其他什麼來吧？」

「沒有，沒有，怎麼會呢？」爸爸急急說，像在為自己辯護：「他很合作的，不會做那些犯法的事。」

芸姊這才抬眼看著爸爸，看了好一會，但什麼也沒說，尖瘦的臉上毫無表情，像那些來抓紅鼻子叔叔的人，也像我們學校的校長副校長同志，那種森冷讓我心裡發毛，以致我後來有種錯覺：我們拚了死命偷渡離開越南，完全是為了逃離芸姊，她令我們透不過氣來。芸姊當然沒有和我們一起偷渡，爸媽也不堅持要她同行，只把房子和為數不多的一點金飾留給她，有點任由她自生自滅的意思。那年芸姊還不到二十歲。

「你姊沒告密抓你們嗎？」芮妮問我：「你們偷渡的時候？」

「我們那時偷渡有個名稱，叫『半公開』，組織偷渡、收我們金子的就是當地的公安幹部，也可以說是國家政策的一部分，你想，要不是黨和國家暗中推動，哪能有那麼大規模的一場逃難潮？所以公安是不會因為有人告密而去抓偷渡者的，不錯是有些倒楣鬼被抓回去，但那大半是因為關節沒打通，買路的錢花錯了地方，或者根本就被人騙了。」

「這些年你們都沒和你姊聯絡？」

「到了馬來西亞的難民營之後，我們也有寫信給她的，她都沒回信。」

三十年後，芸姊和她的台商丈夫來看我們，我見到的她就是今天靈堂上遺照的樣子，一副看不出會那樣短命的富泰相，以前尖瘦的臉變圓了，甚至有一點雙下巴。我不知道這些年間她怎麼變成一個她當年積極參與打倒的那一種人，如同當初我們不知道她怎麼從一個用功聽話的好學生變成對革命政府死心塌地的積極分子。

她的丈夫在越南有一家電子工廠以及多座物業，他們常常到外國旅遊，東南亞、中國大陸、歐洲、北美，我們的會面拘謹而客氣，媽媽已經不在了，爸爸也年老失智進了療養院，芮妮她又不認識，我們姊弟倆像一對久不見面的泛泛之交，整晚言不及義，我聽她談各國的風土人情，談越南如今的發展，談他們自己的生意；我告訴她冬天下雪如何不便、上下班堵車如何討厭、最新型號的通訊儀器如何昂貴等等，彼此都很有默契的不提清算運動，不提紅鼻子叔叔，不提程伯伯，不提「半公開」、不提那年新年到程家避難，更不提細妹。

那是兩年前的事了，芸姊最後一次出國旅遊。她回家不久就被診斷出患了卵巢癌。

芸姊回越南後，我體內卻像有個開關被打開了似的，開始和芮妮聊起那些斑駁發黃的舊事，那些事我以前只向她略略講過，如今卻一發不可遏止如湄公河泛濫傾瀉，我並且帶她進出記憶中一個又一個歷史現場：我們早已被拆掉了的老家、同樣破舊被拆掉了的學校、阿貓家又小又暗的雜貨店、紅鼻子叔叔的五金店、程伯伯的文具店和他們家樓上的天台……。隔著悠悠幾十年的時間大河往回看，不知怎麼一切反而無比清晰，彷彿伸手可及。我描述那年在天台上看見的景象，天際線冒起一股股濃煙猶如每一部好萊塢災難電影都會見到的畫面，同時也才能體會爸爸那天的心情，他一定很焦躁很不安，不知道我們家有沒有被燒掉。

多年後被清算一無所有還面臨掃地出門的程伯伯，站在同一個天台上，他看見了什麼？他想到些什麼？我盡力回憶他帶細妹來的那天，但想不出他有什麼反常的表現，程伯伯本來就安靜不多話，臨走時交代細妹的也不過是要乖、聽叔叔的話等等。

而我是再也登不上那個天台了。我和芮妮來到程家舊址，才發覺不知我聽錯還是旁人說得不對，那座大廈早就被拆掉了，舊址如今是一家挺氣派的海鮮餐廳。我悵然若失，像剛剛才認出前世種種的鬼魂，赫然又發現自己原來早已死去了，陽世的一切仍然與我無關。我忽然有個感覺，以後我恐怕再也不會回來了。

芮妮卻以為我在想念細妹。她不知怎地一直覺得細妹和我青梅竹馬，感情很好，以致每次說起細妹她都有點淡淡的醋意，我覺得滿有趣，因此並不刻意澄清。可能因為我講述細妹來我們家過夜那次的細節有點含糊不清，芮妮就以為我是故意支吾其詞，不止一次追問我：「你那個小女朋友，後來怎樣了？」

「後來？後來她和她媽媽去了紐西蘭不是嗎？告訴過你的。」

「紐西蘭？你上次怎麼說澳洲？」

「那就澳洲吧，都在一塊嘛。」其實我們也只是輾轉聽說細妹在澳洲還是紐西蘭，一直沒有真正和她聯絡上。

「那她沒有被公安抓去嗎？你姊沒告發她？」

「沒有啊。芸姊報公安抓去的是另一個人，你記錯了。」

細妹只在我們家過了一夜，第二天就被她媽媽帶走了，我下午比平時早放學回來，只見到程伯母在廚房裡，爸媽呆呆地站在一邊，沒人說話，程伯母又一直哭一直哭，我最怕看見大人哭，心煩意亂只好跑到樓上，細妹正好下樓來，低著頭，提著一個應該是裝著她的衣服的小袋子，也沒說什麼，就跟她媽媽走了。我在樓上好一會，百無聊賴，學校不但學生一天比一天少，連老師都開始不來了，所以我們少上好多課，還不時可以提早回家。我有點納悶，最近不再來上學的同學，家裡都不是做生意的，應該沒被清算吧？為什麼都約好了似的紛紛停學呢？那時我還不知道，下一個學期開始時，我也不會再回到學校了，我將會和半公開逃難大潮中幾十萬、也許上百萬的船民一樣，在茫茫的南中國海漂流，運氣好的會被打撈上岸，運氣不好的，就再也沒有機會看見陸地了。

我不知道的事還很多，比方說，細妹離開我們家後去了哪裡？有沒有被送去新經濟區？所以後來跟芮妮說起這一段總是有點語焉不詳，事實是我也不清楚其中的細節，我甚至不能肯定程伯到底有沒有帶金子來交給爸爸，芸姊又有沒有向有關部門報告了什麼，那之後不久我們就丟下了老家和芸姊，到不知名的沿海小漁村、到偷渡的船上、到馬來西亞的難民營、最後被半個地球以外的異國收容，所有這一切在不到一年之內發生，已不僅僅是日常作息被打亂了，而是整個世界翻轉過來，令以前那些政變啦戰爭啦以及革命政府的什麼什麼運動啦，統統變得微不足道，細妹匆匆去來這一場的細節，更是被擠到一邊，不再被提起了。很多事情我都是後來才明白的。我只記得細妹被帶走後，我被媽媽罵了幾句，罵得沒什麼道理。

我在廚房門邊站著，媽媽忽然問：「他們那座大廈有幾層？」

「四層，好像是？」爸爸摸著下巴，不很確定的語氣：「他們住第四層，是吧。」

這沒頭沒腦的兩句對話，不知怎的我直覺就認為他們說的是程伯伯。「五層！」我搶著答：「他們住第五層，上面就是天台！」

「五層啊……」爸爸抬起眼看著天花板，好像要丈量五層樓有多高。

我忽然莫名生出不安的感覺，小心翼翼地問：「你們……是在說程伯伯嗎？」

沒人答我，爸爸的眼光彷彿要穿透天花板，望向五層樓高的上方。我更不安了。「程伯伯……程伯伯怎麼了？」我問。

爸爸沒開腔，媽媽卻厲聲說：「問什麼問！小孩子不懂事，不要胡亂說話！」

老五

第二次偷渡失敗之後，老五開始懷疑：一定有什麼不對勁了。「問題也許出在那些粉卷上。」他皺著眉頭，咬著紙菸，像一個苦思破案線索的偵探。以前他寫作的時候就是這副樣子，彷彿每一篇作品都是一個費解的難題、一宗棘手的命案。

老五是他的筆名。那是好些年前，我們唸完中學，和不少華人青年一樣，為了不願當兵而離開城市，躲到遙遠偏僻的鄉下親戚家裡，像蟑螂一樣過著見不得光的日子。在中部乾熱貧瘠的土地上，我們唯一能做的就是翻閱不知從哪裡得來的幾本中文書，都是一些台灣香港出版的文藝讀物，把那為數不多的幾本書都翻爛之後，我們就自以為有了很好的文學底子，而紛紛寫起詩來。

那時西貢有十家華文報社，副刊上刊登的詩文，多半就是我們這些晝伏夜也不敢出、蟑螂也似的避兵役華人青年的作品。不見光的日子使我們變得蒼白，我們的詩也一樣蒼白無血色，配上一個響亮好聽文藝腔的筆名，我們就成了那個世代的詩人。

我也取了一個自覺還不錯的筆名：雨竹，並且頻頻向那十家報社寄出我的詩作，寫得多、寄得密，偶爾也有一兩首刊出來，其實我那時懂什麼現代詩，不過看人家寫得熱鬧，也跟著寫罷了，而且我發覺寫詩的好處是不必太擔心句子順不順、文法通不通，總之隱隱約約、曖曖昧昧，裝出一副莫測高深的樣子，反正我高興這樣寫，誰也管不著對吧？我不敢說那時每個寫詩的文藝青年都像我一樣，其他人說不定有真懂得現代詩、也寫得好的，只是我層次低，看不出來。

我卻很少看老五寫的東西，因為他幾乎從不寫詩，他只寫小說，而且他的小說多半也不在西貢那十家華文報紙上發表，總是寄到香港、台灣的一些文藝雜誌，這就很令人羨慕了，我們都知道，香港的文學水準比我們是要高一點的，台灣就更不用說了，用今天流行的話來說，老五是「打進了主流市場」，但也因為這樣，我們的文壇，如果那也能叫文壇的話；我們和老五好像總有點格格不入，他是我們的一份子，但同時又和我們隔著一段不近的距離，就像他的筆名一樣，既不響亮好聽，又不文藝腔，我們暗暗以他為傲，表面上卻很少談論他和他的作品，事實上我們都自覺沒有能力去談論老五和他的作品，有一種不知拿他怎麼好的尷尬，因為沒有人能解釋，我們這片乾熱貧瘠的文學土壤，怎麼會長出像老五這樣的異卉？

老五自己也很少和我們打交道，更從不加入我們的詩社文社——是的，雖然大部分華人青年都千方百計逃避兵役（偶爾也有幾個不小心被抓到了，只好穿上軍服不情不願地去打仗，經過戰火的洗禮，此輩的詩作因此顯得更有深度），我們居然還成立了不少詩社文社，反正這些文藝團體又不需要登記，幾個對寫作有興趣的朋友聚在一起，一個什麼社就出來了，不過因為環境的關係，我們的文藝團體都謹慎地強調「只談詩文、不談政治」，這也是老五從不參加這些團體的原因。「我的小說沒有不能涉及的題材。」他說：「文學不是非要談政治不可，但更不能一定不可以談政治。要寫什麼是我的自由。」這話只有他能說，像我這樣寫得不夠好，不受「主流市場」青睞，只能在本地報刊發表的作品，我敢那麼大口氣，說「要寫什麼是我的自由」？不錯，要寫什麼是我的自由，不過刊不刊登，那就是人家的自由了。

和我一樣程度、只能在本地報刊發表作品的同輩詩人，因此有點酸溜溜地在背後說老五，說他的小說其實並沒那麼好，只不過和台灣香港的題材很不相同，人家看著新鮮，才給他發表罷了。事實是不是這樣我也不敢說，我只知道老五的小說不錯是取材自我們身邊的人物事件，其中有想盡方法不服兵役的年輕華人、美國大兵和酒家女以及她們所生的混血小孩、受傷退役只能靠賣唱乞討過活的越南軍人、被地雷炸斷腿的平民……題材當然和主流文學界很不相同，也很可能真的因此而受到主流文學界的另眼看待，但至於是不是因此就斷定老五的小說其實沒那麼好？我不敢也不能置評，說來不好意思，我自己對動輒上萬字的小說一向心存敬畏，卻永遠沒耐性讀完任何一篇，花那麼多工夫、寫那麼長幹嘛呢？十來行一首的詩不是好寫也好讀多了嗎？我曾拿這話去問老五，他認真的想了一會，才說了幾句好像是他認為只有小說才是恰當的形式、才能正確的表達他要說的東西云云，我當時也不過是隨口問問，並不真的要什麼答案，所以他的回答我也不大記得了。

對文學、對寫作我也不是完全沒有一點熱情和憧憬，但老實說我以前多半是閒著沒事幹，以及湊熱鬧才寫詩的，所以後來不寫了也不覺得怎麼樣。不寫詩的原因很簡單，再也沒有報社可投稿了，戰爭結束、時局不同了，以前的十家報社全被關掉，剩下一家簡體字的《解放日報》以簡馭繁，當日的文藝青年一個個收起紙筆，為愈來愈難過的日子發愁，同時四處打聽哪裡有安全可靠的偷渡組織。

人家偷渡多半都順順利利的，運氣不那麼好的，即使有一兩次失利，只要還付得出金子、還留得青山在的沒丟了性命，也通常事不過三，最後總能到達某個鄰國的海岸或被外國船隻救起，難民營裡熬他一年半載，然後就被接到不知哪個冰天雪地的異國，從此過著幸福快樂的日子去了。昔日的朋友之中，好像只有我和老五比較倒楣，老五的經歷比我還更不幸一點，不過那也是他自找的。

老五喜歡吃越式粉卷，到了外國恐怕就再也吃不到這種道地的美食了，因此前兩次偷渡之前，他都和我們幾個死黨大嚼一頓粉卷作為餞行。「問題說不定就出在這個卷字上，」第二次偷渡失敗之後，他說：「吃過了粉卷，老是被卷回來，怪不得我一直逃不出去。」

那我為什麼又逃不出去呢？我比老五遲兩個星期出發，下船之前也沒吃粉卷或者什麼特別的東西，結果還不是被抓了，總不能把陪老五吃的那頓粉卷也算到我頭上吧？牢裡蹲幾個月，出來的時候青白浮腫，我沒像老五那樣檢討自己犯了什麼忌諱，而是下了決心：偷渡這碼事，試過一次就夠了，反正也不是非得出去不可，留下來不錯日子是不好過，看著死黨們一個個到了外國、自由自在，那滋味也確實很不好受，但海上風浪險惡，我那唯一一次的偷渡經驗，船都沒出到公海呢，我就吐得死去活來，後來我想，被抓回來說不定是我的造化，不然那巴掌大的船艙裡面也不知擠進了幾百人，別說什麼驚濤駭浪了，光悶就能把我悶死，實在犯不著再拿這寶貴的性命去冒那種險。

老五卻不和我這麼想，後來他又偷渡過幾次？我也記不清了，總不下三四次，每次都不忘來和我告別，但即使他小心的臨行前再不碰好像帶著咒語的粉卷，還是一次又一次的被卷回來，怕也花了他家裡不少錢。偷渡的費用本來就不便宜，最高潮的那段時間更是飆到十幾兩金子一個人，我都要替他爸媽心疼了。不過打從第一次被抓回來之後，老五就有了經驗，正如他從屢次失敗中歸納出來的那種種行前必須避免的禁忌，他每次下了船總是小心選擇一個有利的位置，不被其他人擠在動彈不得的死角，同時提高警惕，一有什麼風吹草動、巡邏艇出現時，他就第一時間跳水逃掉，免得被抓去之後又得花不知多少錢贖他出來。

「萬一再被抓的話，」他對我說，同時呸的朝地上吐了一口口水，表示剛剛說的那句話不能當真：「我也會告訴我爸，不用花錢贖我了，上次同船有個姓李的，家裡實在是沒錢，關幾個月，最後還不是放出來了？金子留著當下一次的船費更好。」

他說的滿不在乎，好像他爸爸的積蓄活該就是讓他一次次偷渡花掉的。我看他是傳說中那種討債鬼，他爸爸八成是前世欠了他的，所以這一世他投胎來做兒子，連本帶利討回去。

當然這只是我心裡想的，不能對老五明說，只能冷眼看著他一次又一次的嘗試錯誤，他原先的「粉卷不利偷渡」論，在後來幾次臨行前不再吃粉卷但仍然無功而返之後，也已經實驗證明不能成立，但並不妨礙他屢敗屢試，每次事後照例檢討猜測哪裡出了差錯，不知他有沒有考慮出門時的時辰方位沖犯，不過即使他有諸葛亮那樣的神機妙算，或者翻破通書，算出一天的時辰吉凶宜忌，又能怎麼樣呢？誰偷渡前還先擇個良辰吉日的呢？人家什麼時候來通知你說走就走，難道你還能說這個時辰不吉利、不利遠行，改天吧？

苟全性命於亂世，原來我們是沒有什麼選擇的，除非像我這樣，根本就打消了偷渡的念頭，老老實實待在家裡讀朋友從外國寄回來的信，偶爾也有交情比較好的肯花錢花時間買些衣服藥物寄個包裹給我，讓我變賣換錢免得餓死。說餓死也許誇張了一點；只要沒出現大規模的天災，人是沒那麼容易餓死的，頂多不大吃得飽就是了。我不但沒餓死，憑著外國死黨們的接濟，還湊合著娶了個老婆，即使如此，日子還是一片黯淡無光，我覺得自己活得比以前避兵役的時候更像一隻蟑螂。

等我重新開始提筆寫詩，已經又是不知多少年後的事了。

一個朋友來看我，他以前也是寫詩的，和我已經很久沒見面了，一來就問我：「要不要給報社寫點什麼？」同時把一份《解放日報》丟在桌上。我有點訝異，已經很久沒看過這份中文報紙了，也不知道有什麼人會看它，沒想到居然還有發行，顯然這些年來一直在混日子，混得灰頭土臉，和我倒有幾分相似。

「寫點什麼？」我重複朋友的問話，摸不透他的意思。

「隨便，什麼都好，」他的手在半空中揮舞一下，像要趕走一隻討厭的蒼蠅：「你以前不是寫詩的嗎？就來兩首詩好了。」

他那語氣倒像是到雜貨店裡買東西，「有香菸麼？來兩包吧。」「醋有沒有？給我一瓶。」

我掏出香菸，遞一根給他，邊沉吟著：「我已經很久沒寫過什麼了——」

「不要緊，慢慢寫。」他說：「我只是通知你，報社的人來找過我，說要開個文藝版，問我能不能聯絡上以前文壇的朋友，在報上發表一些文藝作品。」

「為什麼忽然搞起這個來？」

「主要還是為國家政策做一點宣傳吧，我想，改革、開放的那些——」

「什麼改革開放？」

「你沒聽說嗎？已經開放讓外商來設廠投資了，也開放讓外國的遊客來觀光旅遊。我跟你說，眼下形勢對我們大大有利，機會來了，非好好把握不可。」

「有什麼利？」我愣愣的問，還沒完全明白這個改革開放到底是什麼東西：「怎麼把握？」

「我跟你說，」以前寫詩的朋友說：「開放讓外商來投資，外商從哪裡來？主要是香港、台灣，都是講中文的，來這邊語言不通，當然要請一些本地的華人為他們管理業務、文書、和政府部門交涉，我手上就有幾個港商台商等著請人，你何不去試試？待遇應該是不會差的。」

「我能嗎？」我遲疑著：「我又不懂什麼業務啦管理啦那些……」

「那有什麼難的？一邊做一邊學嘛。要不然你可以去做導遊，我跟你說，遊客也多半是香港人台灣人，新開的旅行社都在急聘能說華語的導遊，一邊遊山玩水一邊賺外幣，那才爽呢。」

「導遊？我口才又不好，哪能做導遊？」我根本不知道有那些新開的旅行社：「算了，我還是試試去應徵那些港商台商的職位吧。」

朋友馬上給了我幾個姓名地址，那時還沒幾個人家裡有電話；臨走還不忘叮囑：「別忘了寫點東西。」

「可是，」我忽然想起來：「我們以前在偽政權時代也寫過文章的，現在寫的東西，解放日報會刊登？」

「沒問題的，改革開放嘛，他們不會計較那些的，何況我們以前寫的又不涉政治，除非像那個，那個什麼，寫小說的，叫什麼來著，小三還是小四？」

「什麼小三小四？老五吧，寫小說的。」

「對對，老五。報社特別提醒我，不要聯絡這個老五，他的文章也絕不能用。」

我後來向老五轉述了這段話，他聽後笑起來：「原來我還上了黑名單呢。以解放日報那水準，也有資格不用我的文章？他們也未免太看得起自己了。」

他翻翻我放在桌上的一份解放日報，上面新版的副刊有幾篇我們那一代的詩人們的新作，因為是年初，而且驚弓之鳥的文友們都有點戰戰競競，所以多半都是一些以迎春為主題不痛不癢的詩文，歌頌春回大地總不至於犯忌諱。老五翻了翻，搖搖頭。我問：「怎麼，寫得不好？」

「這是你寫的吧？『寒冷的冬天過去，冰雪都融化了，溫暖的春風又吹醒了沉睡的大地。』」

「不好嗎？」

「拜託，老哥，」老五說：「我們這是熱帶國家咧，一年到頭除了雨季就是旱季，哪來什麼寒冷的冬天？」

「有什麼關係？人人都這樣寫的嘛。」

「人家在中國大陸、在台灣，有四季變化，當然是這樣寫，你不由分說照搬過來，也學人家寫『冬去春來』，就是夏蟲語冰了。」

「什麼大陸台灣？我是說我們這裡的，你看看報上其他文章，誰不是這樣寫？」

老五低頭看了一會：「嗯，你說得不錯。『冬天已到了盡頭，春天又來到人間』、『寒來暑往，揮別了寒冷徹骨的冬季』……，真的是人人都這麼寫哦。你知道這說明了什麼嗎？」

「不就是說明了這樣寫沒有問題嗎？」

「人人都這樣寫，就沒有問題？這說明了，夏蟲原來不只你一個。」老五摺起報紙：「前兩天立春，外面還是三十幾度的高溫呢，什麼時候寒冷徹骨來著？」

「你就別管吧，」我說：「就當它是象徵好了，象徵不行嗎？寒冬是過去的苦日子，和暖的春天象徵改革政策，不行嗎？」

「行，怎麼不行？不過在一個春季和其他季節沒有任何分別的地方，你卻用迎春來象徵改革，嘿嘿，這就更有象徵意義了。」老五正要把報紙放回桌上，忽然又發現了什麼：「咦，你以前的筆名不是雨竹嗎？」

「是雨竹啊。怎麼了？」

他把報紙遞過來，我這才看見，上面把我的筆名弄反了，變成「竹雨」，因為是橫排的，看起來並不易察覺。

「那也沒什麼，就當是另一個筆名好了，誰會在意？下次改回來就是。」

「文章都不怎麼樣，不過至少你們又有地方發表作品了。」

「就是這麼多年不寫，一時之間還有點生硬……」

「這些年來你都沒寫過什麼嗎？」他顯得有點意外，彷彿聽到什麼不可思議的事。這有什麼好奇怪的？我說：「時局這樣不安定，誰還有那個心情寫詩？」

「我可是一直都有寫啊。不過不是寫詩，寫小說。」

「小說不是更花精神嗎？」

「是不錯，而且就像你說的，環境不安定，要靜下心來寫作也確實是不容易，但我規定自己每天至少寫一千幾百字，寫著寫著就慣了，哪天不寫反而有點不自在，這幾年的稿子已經裝滿兩個大箱了。我還發覺，只有每天坐在書桌前面，對著稿紙一個字一個字地寫，才覺得自己起碼還是活著的……」

「寫了些什麼？」我想起他以前寫的那些殘障軍人、酒家女、被炸斷腿的平民，那個寫詩的朋友說得對，老五的小說是不可能在解放日報刊登的。想不到一度打進主流市場的老五，也有作品無法發表的時候。我知道不少人會為此而幸災樂禍，但我只為他感到難過。

「可寫的多了。也是因為這樣不安定的時局，尤其是過去這幾年，在人類歷史上也算得是極罕見的大逃亡潮了，外面整個世界都驚動了不是嗎？每一個船民都有一段難忘的經歷，都是不可多得的寫作素材，正適合用小說來表達，可惜我們這裡詩人多如牛毛，會寫小說的卻沒有幾個，……你記得我跟你說過的那個老李？」

我搖搖頭。什麼老李老王，那麼多人偷渡、那麼多故事，我哪裡記得？

「就是偷渡被抓了，家裡沒錢贖他出來，那個老李。」老五說：「他出來後四處向人借錢，說要再拚它一次。結果還是沒成功。」

「又被抓了？」

「我上次去他家，他老婆告訴我，老李去了快一年，一直沒有消息，同船的人也是一樣，只怕是凶多吉少了。……另外一次我偷渡的時候，遇到一個女人帶著個小女孩，她告訴我，孩子的爸爸以前是做生意的，被清算了，所有貨物積蓄連同房子都被沒收，他想不開，跳樓死了。這些就是我小說的素材，稿紙裝滿了兩個箱子。我打算哪天我出去後，才叫家裡人把這些稿子寄給我，我再找地方發表。……對了，我今天來就是要告訴你，下次偷渡，我不會再來通知你了，到了難民營再寫信給你吧。」

「你還要去偷渡？」這才是不可思議呢。雖然改革政策才推行沒多久，我們的生活已顯然大有改善，外商和觀光客連同外幣果然如預期的蜂擁而來，甚至有點令我們應接不暇，偷渡、船民潮、難民營，好像已經是很遙遠很遙遠的事了，我不能想像居然有人會像老五一樣，仍然滿腦子偷渡的打算。

「我想過了，」老五毫不理會我的反應，自顧說下去：「我每次下船之前都來和你告別，結果是每一次都去不成，說不定問題就在這裡，所以下一次我不再讓你知道了，看看會不會有什麼不同？」

他的語氣很認真，彷彿這些年來一直都在思考、一直要解開這個大疑問：為什麼他的運氣那麼壞，到底是哪一個環節出了差錯，令他的每一次偷渡都沒有好結果？從不能吃粉卷開始，他已經小心的剔除了每一個可能導致他偷渡失敗的因素，沒想到我竟然也成了這眾多可能的因素之一。只要他能一償多年來的心願，順利偷渡成功，我當然不會介意他不來和我道別，但我懷疑他是不是有點走火入魔了，不服輸、不向命運低頭固然是值得讚揚的美德，但老五非偷渡出去不可的堅持，在我看來已經變成執拗，甚至有點賭氣的成分了，彷彿他活著的整個意義就是為了偷渡，他沉溺其中，對偷渡以外的一切事物不聞不問，以致都沒有看到周圍的環境已有了多大的變化，我忍不住提醒他：「你真的一定要去偷渡嗎？我們的日子已經比以前好過多了，犯得著再去冒那個險？」

他看看我，有點答非所問：「聽說你在一個什麼外資企業上班？」

「是啊，台灣人開的工廠，批發建築材料的，雖然忙得不可開交，又常常要和政府部門打交道，很勞民傷財，但至少待遇還不錯，像這樣的外資企業多得很，你何不也去應徵應徵，以你的能力，要當個廠長也不會太難吧，不一定要去外國才能過好日子的。」

老五臉帶微笑，眼看著窗外的遠方，好像認真地在想我說的話，天上一片雲都沒有，人在戶外的話，太陽曬在身上幾乎可以聽見皮膚焦脆乾裂的嗶剝聲。在沒有四季的國度，日曆上仍然一絲不苟的註明了二十四節氣，幾月幾日立春、幾月幾日雨水，幾月幾日大雪，而現實的天氣並不受日曆支配，剛過了立春，正是最燠熱的時節，總要再早上一兩個月才會開始下雨。好半晌，老五才說：「你不會懂的。」

他站起來，臉上還帶著淡淡的笑，但笑得有點落寞：「你不會懂的。如果這麼多年你什麼都不寫，也活得很好的話，那你是不會懂的。」

我是不懂；正如我不懂為什麼老五一定要和「冬去春來」之類的話過不去，不就是一句無傷大雅的慣用語嗎？但我也沒空去多想，我甚至不記得那次之後我還有沒有見過老五，在接下來的幾度冬去春來，我的日子充滿了忙亂，都是被那些外商害的。

改革初期，外商不錯是蜂擁而來，但真正有誠意又有財力投資的沒有幾個，都是投機的多，我們和外界隔絕太久了，不識人心險詐，吃了大虧。我不幸就碰上了這些投機分子，而且接二連三，整整被坑了三次，兩個台商、一個港商，都是一開始的時候說得天花亂墜，不知多麼大展鴻圖的樣子，找我當人頭，在這邊登記什麼都是用我的名字，過了幾個月周轉不靈，拍拍屁股就溜，溜回台灣、香港，留下個爛攤子要我收拾，我因此吃上幾次官司，不得不四處請人疏通打點，其間當然少不了要給有關部門的官僚送禮或者請他們吃飯，我只好厚著臉皮回家問爸媽借錢，同時後悔當初沒去當導遊，那個行業的風險應該相對的比較低，不少我認識的導遊朋友都很快就賺到了足夠的錢蓋起大房子來。

不過我也有苦盡甘來的時候。原來真正有實力的投資者開始都持觀望的態度，謀定而動，等第一波的投機分子退潮般紛紛撤走之後，也就是當局和我們一樣在一次次錯誤嘗試中摸索、碰壁、摔倒之後，逐步修改而訂定了比較完整、比較像樣的外商投資法，他們才不慌不忙的過來設廠。當爸媽的多年積蓄被我花得差不多之際，我終於否極泰來，遇上了這樣一個台商，在加工區開了家生產球鞋的工廠，雇了好幾百個工人，我當上廠長，日子這才安穩下來。

日子安穩了，旅遊業更是一片蓬勃，我們不但迎接來自世界各地的遊客，也迎接越僑，那些十幾年前才不惜傾家蕩產、置生死於度外的難民，如今又一個個不甘後人的搶著回來，其中也有我的死黨，那些曾經在我最艱難的時候接濟過我的朋友，我一直沒有忘記他們，現在總算可以湧泉以報的請他們上五星級大酒店，吃五六百美元一席的盛宴，席間把酒話舊，不過十幾年間的今昔對比，已令我們感慨萬千，朋友們對此地的百業繁榮、對我們越來越豐足的物質生活大為讚賞，我則對他們在外國享受到的完善社會福利制度羨慕不已。

在工作和招待朋友的空隙間，我仍然盡量勻出時間來寫詩，畢竟我還記得年輕時對文學的熱愛。漸漸地，竹雨，不，雨竹這兩個字在華人文化界也有了相當的知名度，我被描述為「在解放前就享有文名的前輩詩人」，這當然是過譽了，我有自知之明，這是蜀中無大將、廖化做先鋒。真要說起來，把我比做廖化都算抬舉了，我充其量只能是廖化部下最差勁的一名副將吧了，當年眾多詩社文社數都數不清的文藝青年，論才氣、論詩藝，比我強的不知凡幾，只是如今大都四散在海外，其中一部分更是不知所終，只好找我來濫竽充數，不過正因為我那一輩的文友多已缺席，雖非碩果而僅存的我自己更覺得當仁不讓，有必要負起這承先啟後的重任，對有興趣寫作的年輕華人朋友，也不敢說什麼指點或栽培，不過就是拿我自己的一點寫作經驗，和大家分享分享而已。

另一個新曆年和舊曆年之間，解放日報的文藝版照例請大家寫一點迎春的詩文，我已經是熟極而流了，想都不用想就寫下：「嚴冬已到了盡頭，霜雪初霽，和暖的陽光，伴著聲聲悅耳的鳥鳴，為世界點染出一片明媚春景……」

一抬頭，窗外熱帶兇悍的太陽照得人睜不開眼，暑氣正盛，一連好幾個星期都是三十幾度的高溫，我根本沒見過、也無從想像隆冬大雪是什麼情景。「夏蟲語冰啊。」老五的訕笑聲在我耳邊迴盪。我忽然想起，已經好久沒見過老五了。我決定去他家看看。

廣廈千間、夜眠八尺，一座城市再怎麼大，每個人日常活動的空間也不出一定的範圍，老五住的地方並不在我的日常動線之內，算來我也有好多年沒來過了，近年來到處大興土木，老舊的房子像什麼犯罪證據似的被急急摧毀，新的建築物相繼冒起，一個地區往往幾個月面貌就煥然一新，叫人認不出來。老五那一區就是這樣。

我站在街頭，明知是這條街沒錯，但眼前一幢幢四五層樓高的房子，一看就知道都是新蓋的，我佇立良久，沒有辦法把記憶中老五的家和這些新房子聯接起來。新蓋的房子家家大門都敞開著，因此竟不容易分辨是店鋪還是住宅，對著大門的牆上，離地約兩公尺高的位置，幾乎毫無例外都釘了個供案，供著祖先牌位。我推著機車，來回走了一遍，細看每一個進出的人，不但沒看見老五，也不見我記憶中的他的父母或者哪個和他樣貌相似、可能是他弟妹的人，我甚至察看了那些供案上的牌位，一式寫著「×門堂上歷代祖先之神位」，都沒有老五的姓氏。最後我問了幾個人，也不得要領，「大概搬走了吧。」一個唇上蓄著短髭的傢伙說。

老五到底是偷渡去了吧，在回家的路上，我想，而且這一次沒被捲回來。他現在到了哪裡？難民營（東南亞各鄰國的難民營不是都關閉了嗎）？某一個冰天雪地的異國（為什麼異國都是冰天雪地的呢）？為什麼沒寫信給我？也許他把我的地址弄丟了，逃難嘛，那是很有可能的，我盡量往好的方面去想，說不定他現在正想盡方法和我聯絡，說不定他在外面已經又開始發表他的小說了，我想起他提到過的、那滿滿兩箱的小說稿。我忽然有個奇怪的想法，這大概就是他屢次偷渡都無功而返的原因了，他要是無驚無險順利偷渡成功了，又怎能寫出那些小說呢？他注定了必須在一次又一次半途而廢的行程中遇見他所遇見的人，那些個下落不明的老李老王、那些個被清算自殺的商人的孤兒寡婦，他必須去看、去聽、去經歷，就像他以前以一篇篇小說紀錄外人難以知悉的戰時生活型態，戰後更慌亂不安、更不為外人所知的一切，也需要透過文學作品忠實地記錄下來，除了老五，誰還能為我們的時代做紀錄呢？

我忽然很想讀他的小說，那些關於偷渡、關於清算、關於在亂世中求存的故事，那些已經不大有人講述的經歷，那些人活得比蟑螂還要卑瑣的日子……我相信那種種正逐漸遠去，並且注定將要被人們遺忘的歷史，都經過老五多年持續不懈的書寫，以小說的形式保存下來，密封在兩個紙箱之中，收藏於這座城市的不知哪個角落裡，而且很可能正在慢慢的、一篇一篇的披露出來，有如一個才出土的時代囊，提醒人們：曾經有那樣一段年月，那樣一個亂世，那樣一種生活。以老五出色的文筆，一定能把這些故事講得很動人。

我從來沒有這樣熱切地期望讀到老五的小說。

不是我責人以嚴、律己以寬，小西班牙被我潑了一臉咖啡，是他咎由自取，真的不能怪我，麥克勞後來也是這麼說的。

小西班牙來自哥倫比亞，那個盛產咖啡和毒梟的地方。我叫他小西班牙，因為他說西班牙話，但他卻從來沒當自己是西班牙人，這正是我和他發生衝突的導火線。他持的是「出生地決定論」，生在哪一國就是哪一國的人，而我們中華民族卻剛剛相反，流行歌曲不也這樣唱的嗎：「我不管生在哪裡，我是中國人」，不過奇怪的是，唱這些歌的中國人，自己也好像不大明白歌詞的意思，我就不只一次被來自兩岸三地的主流華人問過：「咦，你是越南人，怎麼會說中國話？」我不得不耐著性子，從我爺爺當年怎麼從唐山下來越南，我爸媽那一代怎麼顛沛流離，我自己又怎麼飄洋過海，一部家族血淚史說了半天，來自兩岸三地的主流華人好像明白了：「這麼說，你們越南人，全都會說中國話嗎？」

說他們不懂什麼叫越南華人嗎？卻又不見得。就拿本地的幾份中文報紙來說吧，不管是全國發行的大報還是地區性的小報，凡是有牽涉到越南人的新聞——是不是越南人，從姓名可以看得出來，但只有我們自己能分辨那名字的主人是越南人還是華人；中文報紙卻另有一套分辨的方法：如果涉及的是罪案，不論搶劫殺人還是黃賭毒，報上必稱這些涉案者為「越裔」，但如果是正面的新聞，好像贏得金牌的運動員、研究有重大突破的科學家、成績優異的學生，以至各行各業有成就的人，報上就不由分說叫他們「越南華人」，連法國的越南裔導演陳英雄都曾被硬栽成華人，讓我們這些正牌越南華人哭笑不得。

自己人這樣也就罷了，非我族類也來指手畫腳就太豈有此理了。小西班牙本是個討厭的傢伙，個子比誰都矮，一張嘴巴卻臭如溝渠，開口就拿人家的種族、膚色、性向來取笑，怎麼政治不正確怎麼來，人家要翻臉，他就嘻皮笑臉說那是他的言論自由，誰都拿他沒辦法。這天也是合該有事，小西班牙在談一個不在場的同事，那是一個大陸同胞，像大多數中國人一樣，不多話，很勤奮，卻也因此讓小西班牙很不爽：「……他們中國人，死做活做，賣什麼命喲？像狗一樣。」

「你說什麼？」我沉下臉：「說話當心點。」

「幹嘛？又不是說你。」

「你侮辱中國人，就是侮辱我。」

「你？你幾時變了中國人？」

「什麼變不變的，我本來就是中國人。」

「你不是越南人嗎？」小西班牙一臉狐疑：「你說過你從越南來——」

「我是越南來的沒錯，」我說：「但我祖先來自中國，我從小就說中國話——」

「那又怎麼樣？我祖先還不是來自西班牙、我不也從小說西班牙話？我從來不當自己是西班牙人。」

「那是你的事。我——」

「總之，你是越南人。」

我最受不了這種自以為什麼都懂的傢伙，當下就把手中的半杯咖啡潑在他臉上。

這算是員工糾紛，我和小西班牙都被叫進麥克勞的辦公室去，還好這是小公司，大小事情都是麥克勞說了算，要是有點規模的大企業，工會照規矩辦事，我少說也得停職兩三天，麥克勞卻一向乾淨俐落，兩三句話就擺平了。看來獨裁制度也不是沒有好處的。

「他是什麼人，他自己知道，」麥克勞指著我，對小西班牙說：「用不著你來告訴他。你平時說話也太愛得罪人，今次算是給你個教訓，不要老拿言論自由來做擋箭牌，言論自由不是你愛說什麼就說什麼，懂不懂？」

別看小西班牙平時張牙舞爪，在老闆面前卻俯首帖耳，夾著尾巴，屁都不敢放一個。打發了小西班牙，麥克勞才對我說：「你也太衝動了。萬一咖啡燙傷了他，就是傷人罪了，搞不好要吃上官司。」

「我那杯咖啡已經涼了，明知傷不了他，最多讓他難堪一點吧了。」其實我哪有那麼冷靜，顧得了咖啡涼的還是燙的，潑出去之後才忐忑了一下，同時想到電影《疤面煞星》最後一幕艾爾帕西諾被哥倫比亞毒梟亂槍擊斃的鏡頭。好在小西班牙馬上被別人拉住了，否則真打起來的話，我雖未必打不過他，少不得也要掛點彩。

麥克勞說：「我知道。所以才不和你追究。而且你是先受到挑釁才動手的，不能全怪你。」他眨眨灰藍色的眼睛笑起來：「那小子得罪人多了，讓他吃一次虧，收斂一下也好。」

他這麼一笑，我知道沒事了，正要站起來，麥克勞卻說：「最近有沒有回過越南？」

我搖搖頭。上一次回去已經是——唉，不提也罷。

「你好像也很少休假。要不要放幾個星期假，回越南走走？」

我笑笑：「你以為我是工作壓力太大，才槓上小西班牙嗎？」

「是不是呢？」他反問：「壓力不一定來自工作的。」

我聳聳肩，不想回答這個問題。

「我只不過想你到越南走走，順便探望一下我的女兒。」

「你女兒在越南？」我說：「你女兒在越南幹什麼？」

「她是半個越南人啊。十幾歲才過來美國的。」

「你、你……打過越戰？」這倒新鮮，我在這個公司雖已有一段日子了，和麥克勞接觸的機會卻不多，也不知道他原來是越戰老兵。

麥克勞點點頭：「我女兒是個『來孩兒』。」他把「來孩兒」這個越南語說得字正腔圓，但聽起來還是有點怪，這好像是個帶有貶義的稱呼。

說「好像」，因為除了來孩兒之外，我想不出越南話的混血兒還有什麼其他稱呼。

越南人管混血兒叫「來孩兒」，我對語言沒有研究，不知道這個「來」是不是「外來」的意思，本來泛指一切異族父母所生的子女，包括華越混血，但自從越戰以來，「來孩兒」就成了專指美軍與越南女子所生的後代，而這些來孩兒的越南母親，都是當時南越的酒家女，孩子生下來後也多半被人家抱去養，因此他們不但不曉得自己的父親是什麼人，其中許多連親生母親也不一定見過。我不免有點好奇，麥克勞怎麼能肯定這個女兒是他的？這個問題當然不好直接問他，麥克勞卻好像猜得到我在想什麼。

「她媽媽不錯是酒家女，但絕不是隨便的女人。她還參加過越南小姐選美喔。」

「酒家女能參加選美？」那時有選美嗎？我聽都沒聽過。麥克勞說的不是《西貢小姐》的劇情吧？

「那時社會風氣還很保守，報名參選的人太少，才找了幾個小姐去充數的。」麥克勞笑說：「沒想到她一路順利過關，進了決選，還是大熱門，後來擔心萬一當選，被爆出她的真正身分，才自動退出的。」

越戰中的美軍、酒家女、他們所生的混血女兒……這背後就是一整個時代的滄桑了。我稍懂人事時，戰爭已接近尾聲，對戰時的酒家女沒有太深的印象，和來孩兒打交道的機會也不多，只知道「來孩兒」不是個好詞兒，通常和流浪街頭的小混混同義，這也是可以理解的；一群無父無母、長得又和其他人不一樣的小孩，在那個社會長大，除了在街上混，還能做什麼呢？「來孩兒」即使原本是個中性詞，也因為和這群混血兒連繫在一起而衍生出負面的意義了。我記得中學時不知哪裡來了這麼一個來孩兒男生，長得比我們都高，皮膚比我們都白，我們都叫他白鬼，這個外號並不比來孩兒好多少；好像也沒人清楚他的出身來歷，不過大多數來孩兒都被當作下人使喚，養這白鬼的人肯讓他念書，已經很難得了。只是他自己不爭氣，成績差不說，最不可思議的是，他的英語還是全班最爛的，連老師都忍不住說他：「不是個來孩兒嗎？怎麼反而說不好英語呢？」

是的，來孩兒雖說是個帶有貶義的稱呼，但人人都這樣叫他們，連老師也不例外，就像我們都叫殘障者為瘸子、瞎子、白癡，沒人覺得不恰當，也沒有哪個殘障者覺得被侮辱、被冒犯了，倒是我在外國多年後，初次回到越南，和朋友去逛商店買東西時，隨口還了個價，商店的人卻冷笑一聲，不屑地說：「喲，還講價呢，什麼越僑，這樣小氣！」豈有此理！不管你越南話說得多好，他們都能一眼看出你是外國回去的，這並不奇怪；但這樣毫不掩飾自己的觀感，理應和氣生財的生意人這樣揶揄、譏諷、奚落一個顧客，卻令我十分不習慣。我開始明白：回到越南，就是離開現代的文明世界，離開以禮相待的社會，回到蠻荒沒有禮法的國度，最常見的情形是：回到家鄉的越僑，站在行人道上，對著一街橫衝直撞、視交通燈號若無物的機車呼嘯來去，半天不敢過馬路。我就有過這樣的經驗，看著亂成一團的車流，整個人像失去重心般感到一陣暈眩。不過也有越僑一回去就跳上機車，和當地人一樣呼嘯來去，如魚得水。他們說話多半也和當地人一樣粗魯無禮，也許有人會辯說這是他們的率直、誠實，而文明社會是虛偽、造作，這就不容易說得清了。我自己卻還是寧可活在一個懂得尊重別人、懂得和諧相處、過馬路不用時時擔心被撞死的社會。

從來沒受到尊重的來孩兒們，在越南已經找不到了。

越戰結束後好多年，美國人才良心發現，把這一群戰爭的副產品全部接到美國，那一代的來孩兒總有好幾千人吧？連同收養他們的人家，不管有沒有親屬關係，都一起被美國收容，因此那幾年便有人四處找尋來孩兒，付幾兩金子給他們的收養者，就算取代了監護人的身分，憑這個買回來的來孩兒雞犬升天。來孩兒父母不詳，沒有文件證明他們的身分，虧得長相特別，一看就知道是混血兒，裝也裝不來。麥克勞的女兒可能是唯一一個和她親生父親團聚的來孩兒。

「你女兒的媽媽呢？也接過來了嗎？」

「她沒那個福。戰後她帶著女兒回南部鄉下娘家，沒幾年就病死了。好在她一直保留著我的聯絡地址，女兒才能找到我。」麥克勞在一張紙上寫了幾個字：「這是我女兒的越文和英文名字，她在那邊的地址電話待會兒我找出來再伊媚兒給你。」

我讀著紙上的姓名：阮氏——流？離？怎麼取了這樣一個怪名字？再看下面的英文對照：克莉絲桃・麥克勞，才糾正過來：啊，是阮氏琉璃。

我走出麥克勞的辦公室之前，他低聲說了一句話，像說給自己聽的，聲音卻恰好能讓我聽到：「克莉絲桃在那邊開了家婚姻介紹所。」

豈有此理！他要不是我老闆，我要不是手中沒有咖啡，他難免也要被我潑上一臉。一個離了婚的人，人家總是忍不住要給你牽牽線什麼的，麥克勞竟然也不例外——沒錯，我兩年前離了婚，燕萍是我上次回越南相親後娶過來的，來到這邊之後一直怨言不絕，抱怨房子太小、抱怨冬天太冷、抱怨汽油太貴。唉，時代不同了，幾十年前我們逃出來的時候，隨便哪個國家肯收留我們就感激不盡了，還敢挑剔？當燕萍開始埋怨我沒出息、賺的錢太少時，我終於明白，這段婚姻已到了無可挽回的地步。

我這就算是自願被老闆遣返越南了。也罷，我總不能一輩子不回去，雖然和上次大辦喜宴的熱鬧比起來，這樣回去有點窩囊，但這個年代，離一兩次婚也沒什麼大不了，盡管我沒像當年辦喜宴那樣四處宣布我離婚了，消息也一定早就在親友間傳開來，我也不必刻意遮掩，順其自然就是。

我感到好奇的是，像阮氏琉璃這樣一個來孩兒，為什麼會回越南開婚姻介紹所？雖然她從小被她媽媽帶大，生活比其他來孩兒可能好一點，來自外人的異樣眼光還是有的，她在美國應該會比較自在吧，為什麼反而選擇回到那個對她不見得友善的環境？

而且她還開婚姻介紹所。這不錯是一門有利可圖的行業。到越南娶親的人有兩種，一種是我這樣的越僑，但我們不需要婚姻仲介，自然有熱心的親友樂意為我們作伐，婚姻仲介做的是外國人的生意，我聽說到越南娶老婆的很多是台灣人，而且多半因為身體或精神有殘疾，在台灣娶不到老婆，才到外地「買」一個，加上文化的差異、語言的隔閡，越南新娘到了台灣後，很多也過得不好，被夫家的人當外勞看待，還不時挨打挨罵，這些新聞我們都聽得多了。一個來孩兒回去開婚姻介紹所，把越南女孩送去外國受虐，大概也有點報復的心理吧？說不定還參與一些販賣人口的非法活動——說我是小人之心麼？也不見得，因為就算只是正正當當的婚姻仲介，也和販賣人口差不多了。

我回越南之前，麥克勞又送我兩句臨別贈言：「你這人沒有什麼，辦事也可靠，就是性子有點躁。不要再動不動就拿咖啡潑人家了。」

麥克勞沒想到，我也沒想到，回到越南才兩天，我就差點拿啤酒瓶子砸了個老同學的頭。老同學其實很夠朋友，大家請我上高檔的餐廳吃飯，而且都沒問我和燕萍的事。喝了幾杯之後，席間有人半開玩笑的問我待會要不要「消遣」一下，並且告訴我：「這種事找洋蔥就對了，他們路多。」「帶買春團的。」另一個笑說。

洋蔥是當導遊的，是不是帶買春團我不敢說，聽說開放初期這一行最賺錢——導遊，不是買春團；洋蔥因此是朋友中最先發起來的一個，不過隨著開放的幅度越來越大，其他人很快就趕上來了，一桌十幾人，不是廠長就是總經理，很有點冠蓋雲集的氣勢，反而是我這外國回來的越僑有點相形失色了，豈有此理。

飯後其他人都散了，我和洋蔥意猶未盡又找了個小攤子繼續喝啤酒。「真的不想去輕鬆一下嗎？」他說：「保證乾淨安全的。」

我搖搖頭，就著瓶子灌了一口啤酒：「你真帶過買春團？哪個國家的？」

「你聽他們胡說。」停了一下，他說：「買春團倒是沒帶過，不過時不時總有人向我打聽這些事的，好像導遊天生就該兼職扯皮條，媽個屄。上個月去芽莊，團裡有個台灣人，才進了旅館，他就來問我哪裡有年輕的小姐。」

「台灣人噢。」

「我說有啊，十八二十歲的，吃過飯我帶你去。」

他冷笑起來，「十八二十還年輕？十二三歲的，有沒有？」

洋蔥掏出手機，低頭看簡訊，我發覺他頭頂中心禿了一塊。

「後來呢？」

「我說不行啊大哥，那是犯法的。他說：別跟我來這套，你們越南人，還講法律？奇怪，我明明告訴過他我是華人，一路上也和他說國語，說不定比他那台灣國語還溜，他卻開口閉口你們越南人，媽個屄……」

「後來呢？」

「我說我真的沒辦法，他就是不信，說：你這一行的，紅道白道黃道，什麼門路沒有？打個電話就行。後來還威脅我，不給他辦好這事，回去就在網上唱衰我們旅行社，要我在這一行混不下去。這傢伙清秀斯文，長得挺像個人，沒想到這麼下流，說話這麼狠……」

「後來呢？」我又灌下一大口啤酒。

「後來？」洋蔥嘿嘿笑起來：「他說的不錯，我什麼門路沒有？打個電話就行，所以嗎，我就打了個電話。」

他又低頭看簡訊。我瞪著他頭頂禿了的那一塊，倒握著啤酒瓶頸。這一敲下去管教他腦袋開花。洋蔥啊洋蔥，你要為虎作倀，助嫖客蹂躪幼女，就別怪老同學下手太狠。

「後來呢？」我盡量不動聲色。

「紅道白道黃道，我那個電話偏打給黑道。清秀斯文的傢伙在旅館後面挨了一頓好揍，看起來就不大像個人了。揍人的專業得很，他的臉都腫了，但只是皮外傷，我記下了他的姓名，下次再犯在我們手裡，就沒這麼便宜了，最少也要打斷一兩根骨頭或者什麼器官。他也不打聽打聽，我姓楊的是什麼人？媽個屄，威脅我！」

我鬆了握著啤酒瓶的手。到外國嫖人家幼女固然可惡，那傢伙被打斷了幾根骨頭也不值得同情，只是一個斯文清秀人模人樣的遊客，怎麼會以為越南是個不講法律的地方呢？難道外國人都像我一樣，認為一來到越南就是進入未開化的世界，可以丟開文明的束縛，為所欲為？問題出在哪裡？我們自己——包括越南人和越南華人，是不是也要負一部分責任？我的意思是，就像我把哥倫比亞人都刻板印象當成毒販，人家要是看到我拿咖啡潑小西班牙，難道不會同樣得出「越南來的人都蠻橫粗暴」的刻板印象？那就怪不得中文報紙把罪犯都劃為越南人了。看來我以後真的要好好控制自己，免得人家看扁了我們越南人，把我們都當作暴民——且慢，我這是怎麼了？居然自稱「我們越南人」？難道我潛意識一直把自己當作越南人？豈有此理！

洋蔥看看我手中倒拿著的酒瓶：「幹嘛？」

「剛才你要是說錯半句話，這瓶子就砸在你頭上了。」

他把瓶子拿過去，晃了晃：「要砸也先喝光了才砸，別糟蹋了酒。」

他一仰頭，把瓶中酒一飲而盡，抹抹嘴角說：「導遊這一行，真不是人幹的。」

兩天後我又聽到同樣的一句話，不過「導遊」換成了「媒婆」，說話的人長著一對和麥克勞一樣的灰藍眼珠，我一看就知道，她果然是麥克勞的女兒。我見到阮氏琉璃，才發覺來孩兒們早就不是孩兒了，不是嗎？越戰已經是幾十年前的歷史，最年輕的來孩兒也該有四十歲了。

除了灰藍色的眼珠之外，阮氏琉璃長得並不太像西方人，頂多就是輪廓有點深、鼻子有點挺、膚色有點淡而已，她甚至還留著一頭烏黑得叫人嫉妒的長髮，應該是她媽媽的遺傳，那個幾乎當選越南小姐的酒家女。

阮氏琉璃很忙，我們的談話不時被電話鈴聲打斷，她說電話時提到的都是聽起來像韓國人的名字。

「聽說近年很多韓國人來這邊娶老婆？」我問。

「早幾年是台灣人，這一兩年又轉吹韓風。」她嘆了一口氣，搖搖頭。

「韓國人不好嗎？」

「比台灣人更糟。」阮氏琉璃說：「你大概也聽說過，越南新娘到了台灣，很多遭遇都不怎麼好。」

「我知道。」我有點不自在。畢竟都是華人，台灣人待越南新娘不好，我也臉上無光。我忽然有點明白，為什麼我們那邊的中文報紙，把作奸犯科的都說成是越南人了。

「韓國人就更不用說了……動不動就打人，就是來設廠投資的韓國人，也常常傳出虐打工人的事。」

「越南新娘也挨打？」

「前些時才有這樣一個案子，新娘嫁到韓國才七天，就被丈夫打死了。」

那你還為他們做媒，把越南姑娘送到外國受罪？我一句話幾乎脫口而出，幸而及時想起面前這來孩兒是我老闆的女兒，才忍住了。

電話又響起來。

「阿俊哥嗎？剛才是我找你。」阮氏琉璃向我豎起一根食指，示意我稍待：「我想你再看看SO24840這個案子……這男的八成有問題。你沒看見他的照片？年輕俊俏，電影明星似的，長這個樣子，在韓國會娶不到老婆，要過來越南找鄉下妹？騙誰啊？你叫他拿出真的相片來，或者有什麼毛病，跟我們說明了，害什麼羞？反正我們會去查的，不要以為我們查不出來！……你就這樣跟他們說，當然措辭婉轉一點就是了。」

她放下電話，又嘆口氣：「媒婆這一行，真不是人幹的。」

「我也聽說過，那些來娶越南新娘的男人，不管哪一國，很多都是上了年紀，六七十歲的，或者行動不便……」

「也有的自己一切正常，娶外籍新娘的目的是要她照顧半身不遂的老父老母，總之就是找護士、幫傭，又不必付工錢。這些我們都要打聽清楚，不能不明不白地就把女孩子送過去。女孩子也是人生父母養的，誰就那麼賤，活該被賣到舉目無親的外國，叫人活活打死？」

「男的要是不肯說實話呢，你們真的會去查嗎？」

「盡量吧。一方面我們也會委婉地告訴男方，要是家裡有人需要長期照顧的話，我們就替他們找有經驗的女孩，至少也要有基本的護理知識，這樣對病人也好，對不對？……」

「可是你這樣查根問底，人家不會去找別的仲介麼？不是人人都像你這樣有良心的。」

「所以最重要的是要讓女孩子明白，那邊對她有什麼要求，不管對方是外國人還是越僑，都要有心理準備，不要以為外國都是天堂，不要以為嫁到外國就是去享福了……」她忽然停下來，然後低聲說：「對不起。」

我粗神經的一時還不知道她好端端的為什麼要道歉，因為我沒想到她也聽說了我和燕萍的事。她聽誰說的，就不用問了，豈有此理，想不到麥克勞也會在背後說人閒話，誰人背後無人說，哪個人前不說人，真是放諸中外皆準的至理名言。

「越僑回來找對象通常不需要我們幫助，而且越僑不管住在哪個國家，通常那裡的越南人都比較多，新娘也容易適應；難適應的是嫁到韓國那些越南人不多的地方，我們會安排當地會說越南話的人和她聯絡，有什麼事她也知道到哪裡求助，一下子到了外國，那滋味並不好受，我們都有經驗的，我剛到美國的時候，一句英文也不會，已經夠沮喪的了，如果還要給不相識的病人把屎把尿——」

「可是，明知到那邊之後要照顧行動不便的病人，誰還願意去呢？」

阮氏琉璃看著我，是那種你說錯了話人家才會那樣看你的眼神，可我不知道我說錯了什麼。

「你還有不少朋友在這邊吧？」她說：「他們的生活都很不錯吧？」

「大家都過得很好。」

她點點頭：「你們這一代的華人很幸運，唸完書後正好碰上改革開放，港商台商過來投資，語言不通，一切都要依賴你們，給你們高職厚薪，所以大城市裡的華人，過得比解放前他們上一代還要好，……只是你們大概不知道，在中部南部偏遠的鄉間，生活還是很苦的，所以就算明知到了那邊日子不好過，女孩子們還是願意冒那個險，就像——」

她沒說下去，但我明白她的意思，就像當年我們冒死逃出來那樣，逃到哪算哪，其他的都顧不了，……說那是久遠以前的歷史麼？又彷彿並沒離我們太遠，幾十年來，從戰時的酒家女、戰後的來孩兒、一直到現在的越南新娘，她們的遭遇好像都沒有太多不同，更不要說像洋蔥所熟悉的那些旅遊景點的小姐了。

氣氛一時有點低沉下來，阮氏琉璃便有意岔開了話題：「你今次回來，也想再找個對象嗎？」

「算了。」我搖搖頭：「暫時沒那個打算。而且像我這樣的越僑，早已不吃香了，不像二二十年前——」

阮氏琉璃卻笑起來：「你怎麼還叫自己越僑呢？」

我一怔：「我怎麼不能叫自己越僑？」

「你是華人啊。」阮氏琉璃說：「你在美國住了有二三十年吧？已經比以前在越南的日子長得多了，你現在的身分應該是美籍華人對不對？越南只是你出生的地方，要說根，你的根也不在這裡，對不對？」

我不能不承認她說的也有道理，但好像又不完全正確。我從來不知道我和越南的關係竟然這樣複雜，不是說西班牙話的哥倫比亞人所能了解，也不是一個美越混血兒能說清楚的，不過可以肯定的是，來孩兒和這片土地的血緣，確實比我們華人還要來得親密——越南，是他們名正言順的母土。這麼說來，我們反而才是不折不扣的外來者了。

我看著面前這個美麗的混血兒，忽然又有了那種站在車流不息的街頭、失去重心的暈眩感覺。

紅毛丹

紅毛丹上市了，彷彿一夜之間，菜市場的水果攤子就冒出一堆堆紅冬冬的果子，渾身長著紅中帶綠的長毛，塑膠似的，那模樣和顏色看起來都有點妖異。月珍不愛吃紅毛丹，爸媽也不吃，理由都一樣：紅毛丹的果肉甜中帶一點點酸，但會黏著果核，吃的時候會連肉扯下一片片果核的外皮，像吃樹皮一樣，要吃紅毛丹，他們寧可吃那個改良了的品種，不那麼紅、毛也沒那麼長，果肉更甜，最重要的是不會咬下一層樹皮，傑仔說那是「短頭髮的紅毛丹」。家裡就只有傑仔一個人愛吃紅毛丹，所以月珍買紅毛丹時都只買他一個人的份。

今天她是不要買紅毛丹了。

若無其事地走過紅毛丹的攤子，月珍也不明白自己怎麼能這樣無動於衷，應該大哭一場的，像巷口以前開雜貨店的阿蘭姨，帶著女兒偷渡，女兒沉船死了，她被救回來，一進家門就放聲大哭，整條巷子的人都聽見了，大家站在自己的門外，月珍也是，兔死狐悲的聽著，也沒人想過去勸慰她，因為沒人知道該說些什麼好，能說些什麼呢？從來沒有經歷過這樣的情況，瘟疫似的，今天聽說誰家的什麼人沒有了，明天又是誰誰全家多少人遇難……月珍聽麗英的外婆說過當年北方大饑荒的情形，說是人在路上走著走著就倒下去了，一天不知倒下去多少人，但饑荒也好，瘟疫也好，死的都是老者、病弱者，偷渡的卻多半是年輕人，阿蘭姨的女兒和傑仔差不多年齡吧，不是小孩了，又沒人把她當成年人看，就是那樣尷尷尬尬擺到哪裡都格格不入似的，走路也是跳跳蹦蹦地，她很長一段時間都不能相信，那樣一個生命才剛剛開始的女孩子真的死了，還是那樣痛苦、緩慢而絕望的死亡。

而且偷渡遇難的，他們的家人也多半不聲張，都是偷偷的傷心、偷偷的拜祭，彷彿一切和偷渡有關的都屬於禁忌，禮法不容，只能暗中進行、私下談論，像他們那區的公安長，阿蘭姨放聲大哭的時候，月珍見到他在巷子外面出現，馬上非禮勿聽的匆匆走開了，作為阿蘭姨鄰居的月珍他們卻不能走開，大家就默哀似的呆呆站著，世界停止下來，傾聽一個母親的哀號，直到阿蘭姨自己哭夠了才罷。

月珍覺得自己應該也那樣放聲大哭一場的，但她只是提著菜籃子，如常到市場來買菜，她不來買菜也不成，剛才是提著菜籃子出門的，總不能馬上又提著個空籃子回家去，媽媽會怎麼想？媽知道之後會有什麼反應？

媽的反應，月珍想也想得出來，至少也會像阿蘭姨那樣，不但哭，她還會罵，而第一個挨罵的不會是別人，必定是月珍。何況媽還有高血壓，所以剛才四眼一直在外面等著，不敢上門來找月珍，就是不想讓她媽媽知道。

這四眼，一向不是那樣冒失魯莽的。否則月珍也不會放心讓傑仔跟著他，哪裡想到——

四眼說得對，現在最重要的，是要瞞著媽媽，搞不好小的生死未卜，先賠上老的一條命。不是有過這樣的事，哪裡聽來的不記得了，說是有個年輕人，偷渡之前找算命的起了一卦，算命的說他一路平安，但他爸爸怕會有一劫。年輕人聽了也沒往心上去，偷渡的是他自己，又不是他爸爸，後來他果然一帆風順無驚無險到了印尼，但有人不知怎麼傳錯了信，告訴他家裡他們的船沉了，全船人沒一個活口，既然沒有活口，誰又知道他們的船遇難了呢，但他家裡人乍聞噩耗，哪裡有這麼細心，看出這個破綻？他爸爸更是嚇得心臟病發送了命，年輕人報平安的電報回來時，正是他爸爸的頭七……

亂世流傳的故事，情節總不免離奇而誇張，甚至根本就是編造的，但誰說編造的故事在現實中就不會發生？還是先別讓媽知道的好。

只是這樣刻意瞞著她，倒好像真的發生了什麼可怕的事似的，不是什麼都還沒弄清楚嗎？四眼什麼都沒看到不是嗎？

要命的就是他什麼都沒看到啊。他要是看到傑仔游回到岸上，不就什麼事都沒有了嗎？

也許因為她只是聽到四眼的轉述，而四眼自己也並不肯定，這中間便有了一種「情況也許不至於太壞」的僥倖之心，不像阿蘭姨，和女兒在同一條船上，眼睜睜看著女兒——月珍搖搖頭，不敢想像那個可怕的畫面，其他人倒是把整個過程描述得歷歷如繪，也不知是誰親眼看見的，說是阿蘭姨和女兒抱著一節浮木在海上漂了兩天，小女孩又累又餓，終於失去知覺鬆手沉沒，同樣筋疲力盡的阿蘭姨只能眼睜睜看著，大概也像月珍現在一樣吧，沒有任何反應，看著女兒沉下海裡。月珍聽了心裡一直不舒服，還連著做了幾夜的噩夢。

不知阿蘭姨夜裡會不會做噩夢？

四眼會做噩夢嗎？不會吧，他不是什麼都沒看見嗎？這死四眼！臨行前千叮嚀萬叮囑要看好傑仔，結果呢，不要說上船了，搭車時就被人家分到兩部不同的客車上。「是帶路的人安排的，我也沒辦法。」四眼氣急敗壞地分辯，前額冒著汗。不知他在這裡等了多久？月珍早上提著菜籃子出門，就看見他的臉在牆角一閃，月珍吃了一驚，定神再看，那張臉又從牆後面一分一分地露出來，像玩捉迷藏的小孩，本來躲得好好的，卻因為躲得太好沒被抓到，反而不耐煩伸頭出來張看才被抓個正著。

即使只露出五分之一或六分之一，月珍也看出來是四眼沒錯，一顆心便沉了下去，四眼在這個時候出現，是絕不會有好消息了，何況還這樣鬼鬼祟祟的，何況傑仔又沒跟他在一起。月珍七上八下，提著菜籃子朝牆角那邊走過去。她只當是組織偷渡的人錢沒花對地方，被公安抓了回來，四眼僥倖逃脫，笨手笨腳的傑仔和船上其他人都被關了起來，真要是那樣還好一點，盡管還是要花上為數不少的金子才能把傑仔弄出來。

然而事情比她想像的要糟。糟很多。

「帶路的人安排的，我上了一部車，阿傑上了另一部。」四眼帶著她走到巷子外面，還頻頻回頭張看，好像擔心有人跟蹤似的，才說：「他那部車不知怎麼走著走著不見了，我到了地頭，又等了好久，我還要再等等的，但天都黑了，人家又一直催我上船，我上了船之後，聽到有人說後面那部車終於來了，才鬆了一口氣……」

「那後來呢？」

「後來我們就分乘三隻小船，開到停在外面的大船，阿傑和我也不在同一條船上，他們最後到的都上了第三條船。」

「上了大船之後呢？有沒見到他？」

「沒上到大船。昨天，不，是前天了，前天晚上下好大的雨，又是風又是浪，我們的船兜來兜去，一個多小時，我都暈船要吐了，大船連影都不見，不知是見風浪太大沒開出來呢，還是一早開走了，要不就是存心坑我們。」

「那你們就回來了？」

「我們兩條小船開了回來，第三條船……」

四眼的欲言又止，令月珍不耐煩之餘，還隱隱覺得不安，卻又不能不追問：「第三條船怎麼樣？」

「聽說，聽說翻船了，不知道阿傑……」

「聽說？是不是真的？」月珍幾乎要伸手捏著他的脖子，把字從他喉嚨裡一個一個掏出來。

「真的，是真的。」四眼好像想起這話不該說得太肯定，縮了縮頭，又說：「有兩三個人游回到岸邊，告訴我們，好多人掉進了海裡。」

「那傑仔……」

「我就是來看看他回來沒有，說不定他在別的地方上了岸，也是有可能的。」

月珍的心亂成一團，一把抓住四眼的手：「你跟我回家去，把這事對我媽再說一遍！」

然而四眼提醒她，最好先別讓媽媽知道。

所以月珍只好提著菜籃子到市場來，先去買菜吧，買了菜回來，說不定傑仔已經回到家了，這樣白跑一趟，連大船都沒見著，八成是個騙局，已經給了人家的金子當然是討不回來了，那也沒有辦法，能撿回一條命就算不錯了，只怕——

不不，月珍忙朝地上吐了一口口水，吉人天相，傑仔不會有事的，吉人天相——可是剛剛四眼為什麼那樣慌張？昨天，不，前天晚上的雨有多麼大？他們這裡可是一滴雨也沒有。當時的情景到底有多險惡？四眼有沒有隱瞞了什麼？這死四眼！那樣吞吞吐吐的，剛才就該抓住他，要他一五一十從實招來，不能不清不楚的讓他這樣跑掉。

可是四眼大概也沒什麼好隱瞞的吧？他知道的就這麼多，打死他也編不出別的來，那為什麼又讓他回來，對她說這些話？他要是和傑仔一起掉進海裡——不是存心要咒他；他要是和傑仔一起掉進海裡，而不是獨個回來，告訴她這些可怕的事，她何至於這樣不上不下的沒個主意？

真的寧可被蒙在鼓裡，什麼都不知道還好些。現在要怎麼對媽說呢？真要命！要不要那個什麼呢，作最壞的打算？最壞的能怎樣，就是傑仔掉進海裡，再也回不來，再也找不到了，那又怎樣？難道證實傑仔遇難了，就可以坦白跟媽說了嗎？媽就不會難過、不會受刺激了嗎？

還有，這種事又能怎麼證實呢？生要見人，死要——月珍又朝地上吐了一口口水，那些亂世中流傳的故事卻不受控制的在她腦海中翻滾，說是冤死的人，不管死了多久，在親人來認屍時都會七竅流血，聽來很恐怖，月珍也沒親眼見過，不知是不是真的，有沒有科學根據，但民間一般深信，親人就憑這一點確定那些或腐爛或腫脹或被魚族嚙咬到難以辨認的屍體是他們的骨肉……

那要是連屍體都沒有呢？那些在茫茫大海上一去不回的人，又憑什麼去確定他們的生死？這樣說也不對，一去不回音訊杳然，存活的機會當然是很渺茫了，只是沒有辦法證實而已，他們的家人也只能翹首等待，像麗英的外婆。

麗英的舅舅是一年多前出海的，一直沒有消息，麗英他們等著等著也就明白，舅舅大概是沒有了，她外婆也沒說什麼，但每天中午時分，送信的經過他們家的時候，外婆總會搖著她那把葵扇走到門外來，月珍就碰見過好幾次，外婆摸摸晾在門外的衣服，或者誇張的搖她的葵扇，好像不過是因為屋裡熱得待不住，才到門外納涼，直到送信的在巷子的一頭出現，推著單車慢吞吞地經過、又消失在巷子的另一頭，外婆才又搖著她的葵扇回到屋裡去，彷彿什麼都沒發生過。

那麼他們以後也會這樣嗎，每天等送信的經過，等那永遠不會出現的傑仔的信？至少月珍自己是不會的，但不知情的媽媽；月珍搖搖頭，別希望媽會像麗英的外婆那樣，不動聲色地每天盼著送信的經過，媽是個急性子，像座隨時會爆發的活火山，又嘮叨，本來就算行程順利無風無浪的話，偷渡的人也得一頭半個月才有電報回來，但月珍估量媽只怕不出一個禮拜就開始叨唸了：「怎麼還沒有消息啊？」「不是該到了嗎？從這裡到馬來西亞能有多遠？」……再過一個禮拜，活火山就有熔岩噴出來了：「怎麼回事啊？怎麼還沒電報回來？」「不要是出了什麼事了吧？」「能不能找誰打聽打聽？」找誰打聽呢？總不能去問公安吧？再來媽就要著慌了：「一定是出事了，一定的，這兩天我眼皮跳得厲害，你們看吧，傑仔一定凶多吉少了……」說著說著就該哭鬧起來，而且把一切都推到月珍身上：「偷渡多危險呀，你就放心讓弟弟一個人去，自己躲在家裡，傑仔才多大？什麼都不懂，你就那樣狠心，非要他去偷渡不可，自己倒安穩，在家裡享福，什麼樣的大難臨頭喲，不偷渡又怎樣？留在家裡會死啊？怎不見你死給我看看？不是挺自在安樂的嗎？可憐我那傑仔啊……」想都想得出來，一有什麼事，挨罵的總是月珍，事實卻是月珍一開始就不主張讓弟弟去偷渡，要去也該讓她去，傑仔少不更事，沒見過世面，一個人到了外頭，只怕連自己都照顧不來，月珍寧可自己去冒偷渡的險，當時媽又是怎麼說的？「你倒有主意，什麼都要搶，傑仔這個年齡，留下來一天就多一天危險，這個政府也是有人性的？一天到晚不是鬥這個就是抓那個，年輕人都被抓去做苦力、挖水利、挖地雷，連挖人家山墳這樣傷天害理的事都要他們去幹，損多少陰德喲！你就光顧著自己到外國去享福，怎不想想弟弟留在這裡，我天天擔驚受怕，夜裡都睡不著……」說著說著，連四眼都罵上了，什麼不堪的話都說出來，好像月珍鬼迷心竅要跟野男人私奔似的。

偷渡的線是四眼搭上的，月珍要是能湊出自己的路費，不用和爸媽商量，也許真的就什麼都不管，跟他私奔去了，被媽罵了兩天，月珍不得不把船位讓出來給傑仔，現在呢？傑仔沒有了，又全是她這做姊姊的錯，本以為有沉穩的四眼作伴，傑仔總不至於有事的，沒想到……早知這樣，當初就該堅持讓她自己去，掉進海裡死了也是她一個人的事，現在呢？安穩的是傑仔，什麼都不用揪心，留下這個大爛攤子要她收拾。

怎麼收拾呢？等著聽媽的嘮叨哭鬧吧，她又不能變一個傑仔出來，或者編個故事叫媽相信傑仔一路平安，毫髮無損的到了難民——且慢，要是真能讓媽相信傑仔沒事，安安全全的到了難民營呢？到了難民營就該有電報回來，這個不難；到別的省分走一趟，從那裡的郵政局拍個電報回來，寥寥幾個字，媽又看不懂拼音文字，分不出電報是哪打來的，應該可以蒙混過去。

可是那之後又怎麼樣？不能一個電報就算了，總得有信，月珍看過不少人家從難民營寄回來的信，都是詳詳細細的記述偷渡的經過、難民營的生活……這些她也不是編不出來，麗英那時就私下跟她說過，那是她舅舅出海快一整年下落不明的時候，麗英說：「要是我們一早知道出了什麼事，一早知道舅舅遇難了，我就會編個故事，三不五時捏造封信，當是舅舅從難民營寄回來的，把外婆瞞過去……」

那都是事後諸葛，於事無補，麗英說過也就算了，倒是月珍無聊的時候自己設想過，要是麗英他們一早知道舅舅沒有了，要瞞著外婆的話，該怎麼做？

這事說起來簡單，真要長時間捏造假的信件，隱瞞一個人的死訊，就得多費點工夫了。首先當然得拍那封報平安的電報，這在人出海後十天半個月就得辦好，算是最容易的部分；接下來就得持續地收到從難民營寄回來的信。光是寫信不難，難的是偽造外國的郵票、郵戳，好在麗英的外婆和媽媽都看不懂外文，但照片呢？難民營寄回來的信總少不了放進去一兩張近照，麗英的舅舅要是一直只寄信回來而不附照片，外婆也會生疑，月珍為麗英設想的瞞天過海，總是因為這個問題無法解決而不能繼續下去，但這時她不能丟開不想，媽媽是屬狐狸的，沒有傑仔的照片更休想把她瞞過去，真的照片是不可能了，那要不要就把心一橫造假的呢？月珍不能為麗英假造她舅舅的照片，傑仔的卻未必辦不到，雖然太冒險，也不知行不行得通，萬不得已的時候，像她現在這樣，也只好硬著頭皮試一試了。

傑仔有個要好的同學大頭，半年前到了菲律賓，也給傑仔寫過幾封信。大頭和傑仔身材差不多，一般高矮，一樣留著長髮，月珍就曾開玩笑說他們像一對從小失散了的雙生兄弟。月珍可以請他幫忙，不時寄一兩張照片回來，舉手之勞，以大頭和傑仔的交情，他該不會拒絕的，不過他們倆畢竟不是雙生兄弟，所以照片不能是特寫，不能照得太清楚，最好和幾個人合影，媽媽不虞有詐，希望她不會看出來。如果大頭肯冒傑仔的名寫信當然最好不過，但月珍不想太麻煩人家，她寧可自己寫了寄過去再讓大頭轉回來，這就不用再費心思造假的信封了。至於筆跡，倒不用擔心，媽媽不會分得出來的，平時少有機會寫字的媽媽，可能根本不知道每個人的字跡都不相同的吧，月珍自己來寫信還有一個好處，不會因為傑仔偷懶不寫信而引來媽不必要的猜疑。

臨行前，月珍就不斷叮囑傑仔一定得多寫信回家，她知道媽的脾氣，要是隔一段時間收不到信，她又要疑神疑鬼了：「不會生病了吧？難民營的設備不知道怎麼樣？衛不衛生？吃得好不好？一個營那麼多人，龍蛇混雜，誰知道會發生什麼事？……」月珍自己來寫，只要郵寄途中沒失掉，至少可以保證媽定時收到信，不過傑仔寄回來的照片不可能有他和四眼的合照，這是一個破綻，但月珍認為影響不大，媽一向對四眼沒什麼好感，不要指望她會關心四眼在難民營過得怎麼樣，只是——啊，月珍提醒自己，應該也揑造一兩封四眼寫給她的信吧，這就容易得多了，反正不用給媽看信的內容，媽也不會過問，只要讓媽相信她不時收到四眼的來信就夠了，月珍開始有點驚異起來，她從來不知道，自己的心思原來這樣慎密，簡直把每一個細節都考慮到了。

還有沒有其他的細節？傑仔的信裡面，要不要夾一兩張美金呢？難民營的人，應該會收到人道組織的救援物資，但會有多餘的錢寄回來嗎？月珍知道有人收到過親友寄回來的鈔票，但不大清楚是從難民營寄的，還是被接到第三國家定居之後？這得打聽打聽一下，不過難民營也好，第三國家也好，這錢遲早是要寄回來的，不能打馬虎眼，唯一的辦法是自己省著點，買一兩張美鈔，說不得只好從家用、從買菜的錢剋扣下來了。

又來到菜市場的紅毛丹攤子，嗯，已經在市場裡繞了一圈了嗎？月珍這才發覺手中的菜籃子沉沉的，什麼時候已經裝滿了她要買的東西，她卻完全不記得都挑了些什麼、又怎麼跟菜販子們討價還價，往籃子裡看看，紅蘿蔔、豬骨、紅衫魚、黃瓜、香蕉、洋蔥、芫荽、芽菜……居然都是她今天出門時準備要買的東西，一樣不多，一樣不少，好像她剛才分裂成了兩個人，一個靠本能行動去買菜，另一個全副心思都在處理傑仔的緊急狀況。

傑仔的事，就這樣處理了吧，拍電報、聯絡菲律賓難民營的大頭、編造信的內容，……夠她忙的，還有呢，該和四眼商量嗎？他是一定會反對的：「你瘋了，」凡事小心謹慎的四眼會這樣說她：「這種主意，虧你想得出來！」不過四眼總是拗不過她，遲早會被她說服的，四眼又有什麼好反對的呢，又不用他做什麼，不用他向媽媽撒謊，正好相反，她得告訴四眼，以後不能再在媽眼前出現，也就是說以後他再也不能來家裡找她了，沒什麼了不起，以後他們就在外面見面好了，只要小心別讓媽在街上碰見他，應該沒問題的，還有呢？和他們同行的人，別說媽不知道，連月珍都不清楚有哪些人，所以更不會穿幫。整個安排，她打算連爸爸也瞞住，越少人知道越好，除了她和四眼，只有在菲律賓的大頭知情，這樣密不透風，媽媽應該不會識破的，傑仔又不能拆穿——

月珍停下腳步。傑仔。傑仔不能拆穿她？誰說傑仔不能拆穿她？

那是一個遠房表姊的親身經歷。表姊有個小叔，偷渡時死了，不是麗英舅舅那樣下落不明，他們的船裝了太多人，沒出到公海就沉了，表姊他們從被救回來的人口中知道了小叔的死訊，決定瞞著婆婆，幾兄弟姐妹偷偷為他辦後事，從頭七到七七，都在其中一個兄弟家裡拜祭，百日那天，他們一早就到廟裡給他做法事，忙了半天回到家裡，婆婆一把眼淚一把鼻涕告訴他們；小叔昨天晚上給她託夢了，夢裡的小叔赤條條的，髮梢還滴著水，說自己死得多麼慘，身上的衣服都被海水沖掉，又冷又餓，還被魚們啃咬得體無完膚……

表姊聽後的反應不是震驚、不是傷心，而是生氣。「誰想得到他會去給老太婆託夢呢？」表姊跟她說起時還氣憤難平：「從頭七到七七，哪一次欠了他的？就不能和我們合作一下，瞞著你媽？也不想想你媽一把年紀了，受得了那樣的刺激？有什麼事，要吃的穿的，也託夢給我們呀，你兄弟姊妹那麼多，什麼不能燒給你？用得著向你媽告狀麼？……」

表姊的語氣只像尋常的談論是非、數落親戚的不是，然而和一個已死去的人嘔氣是沒有用的，死去的人，他們高興在誰的夢裡出現就在誰的夢裡出現，沒人管得著；月珍的心思就算再慎密，想得再周到，也攔不住傑仔給媽媽託夢，她假造的信再逼真，也抵不過傑仔夢裡的一句話，那時弄巧反拙，讓媽發現她故意隱瞞噩耗，只會更生氣，罵她罵得更厲害。

那該怎麼辦？難道什麼都不做，乾等著傑仔給媽託夢？誰知道要等多久？再說，這託夢的事也說不準的吧，好像麗英的舅舅，怎麼從來就不給他們託夢呢？表姊他們給小叔做了那麼多法事，他還能向母親哭訴又冷又餓，麗英的舅舅沒人拜祭過，豈不是更有理由向他們託夢嗎？她可以大致猜測別人偷渡的經歷、難民營的生活，但無法想像死後的世界，無法明白他們怎麼決定託不託夢、什麼時候託夢、向什麼人託夢等等。

再說，不管傑仔託不託夢，她都不能等了，大概因為國際郵件都要審查，這裡和難民營之間，信件來往都特別慢，有時一個多月才收到，所以拍電報的同時就該給菲律賓的大頭寄出第一封信了，那時箭已離弦，撒了第一個謊，以後就得撒更多的謊，她的日子將在無休無止的謊言之中度過，不但要假造傑仔的信，她同時還得替媽媽寫信給傑仔，內容無非是千篇一律的噓寒問暖，在營裡都吃些什麼、睡得好不好、有沒有生病、交了什麼朋友、凡事小心、不要鬧事……但那要比假造傑仔的信難得多了，假造傑仔的信，她會因為要搏得媽媽的相信而力求逼真，而替媽寫信給傑仔時，明知道不會有人等著收信讀信，她還能認真的一字一句寫下這些平常的關懷話語麼？……那會比整天聽媽的哭鬧容易忍受嗎？

月珍有點氣餒，這整個計畫好像不如她一開始想像的那樣容易了。還是去找四眼吧，要他帶路到出事的海邊拜祭一下，但她不知道該向傑仔說些什麼，要他別向媽託夢？還是盡快給媽託個夢，讓她知道發生了什麼事，省得月珍千方百計的要瞞住她？四眼又不知會說些什麼？大概會勸她和媽媽說清楚吧，向來和四眼爭論什麼總是她贏，但這一次月珍希望自己能被四眼說服，她希望聽到四眼告訴她，這整個計畫根本就是異想天開，其實不用四眼說，她自己也知道這個想法太荒謬了不是嗎？她編不出偷渡的經歷、難民營的生活，媽媽更不可能認不出照片上那個不是她兒子……但最重要的是，她必須到出事的海邊看看，今天不行，幾個小時的車程，就算現在趕去，天黑前怕也回不來，明天找個藉口和媽說一聲，早點出門，聽四眼說的，遇難的人應該不少，這兩天應該有被沖回岸邊的吧，怎麼說也該去看一看，說不準就能，不是說見到親人會七竅流血？月珍暗暗決定，明天到海邊去，要是能見到傑仔，她就把一切向媽媽說清楚，陪媽媽一起大哭一場，那時她一定能哭出來的；萬一不見，才再作打算，最多不把真相告訴媽媽就是了，不一定要假造傑仔的信、撒那樣的彌天大謊，這樣一來，讓傑仔決定要不要瞞著媽，畢竟這事他也有份，不該由月珍一個人拿主意。

就這樣吧，待會去通知四眼，明天一早出門，別忘了帶著香燭，還有呢，也該準備一點水果什麼的吧，紅毛丹就很好，傑仔喜歡吃紅毛丹。月珍轉回賣紅毛丹的攤子前，挑了十幾顆又圓又大的，比平時買給傑仔吃的多了一倍，小心地塞在菜籃子一角，回家後得藏好，別讓媽看見，免得她又起疑，傑仔不在家，買那麼多紅毛丹幹嘛？今年的紅毛丹似乎都特別大，握在手裡就知道肉厚多汁，奇怪到處物資缺乏，工廠原料不足，從泥土裡吸收養分的蔬果卻依舊長得那樣好，這究竟還是得天獨厚的魚米之鄉吧，自然災害向來不多，人自己造的孽卻不少，麗英外婆記憶中的大饑荒，說到底還是因為打仗的緣故，不算天災，但誰想得到仗打完之後，本應是太平的年月，死的人反而更多了？

這個世道，死了倒是一了百了，難為的是活著的人。傑仔有知，就該顯個靈，讓她知道該怎麼做，比方今晚給她託個夢，告訴她在哪個灘岸、哪塊礁石旁邊可以找到他，不然海邊那麼大，誰知道怎麼找？但月珍只怕今晚很難睡得著了，裝了一肚子的心事，回家後還得小心別在媽面前露出馬腳才好。月珍在門口停下來，再檢查一遍菜籃子裡的紅毛丹有沒有藏好，這才推門進去。一進門，她就打了個寒噤——

傑仔，不，傑仔的鬼魂，就坐在他生前常坐的那張籐椅上，慘白的臉，和表姊描述婆婆夢中所見死去的小叔一樣，連衣服被海水沖掉的細節都一點不差，傑仔光著上身，只剩一件短褲，頭髮濕漉漉的，還滴著水，死不瞑目那樣盯著月珍。月珍站在門邊，心裡發毛。不是說人死後七天才回魂的嗎？還是三天？傑仔和四眼出門才不過兩天吧，怎麼這麼快就回來了？媽媽呢？她聽見廚房裡有聲響，媽想必在廚房裡，可能還沒見到傑仔？媽要是見到傑仔這個模樣，還能這樣安靜？也許媽看不見他，也許像託夢一樣，死去的人要誰看見他，才現身讓那個人看見，傑仔為什麼在她面前現身？也許他有話要跟她說？鬼能和人交談嗎？

像要證明給她看似的，傑仔的鬼魂開口了：「幹嘛啦你？見了鬼一樣。」

月珍指著他，手指不住的抖，嘴唇也在抖，居然還能說出話來：「你、你沒、沒……」

「我沒什麼？沒搭上船啦。人家把我和四眼分開在不同的車上，我那部車半路上壞了，一直修不好，折騰了大半天，去到地頭早就一個人都不見了，又得等車回來，兩天我都沒闔過眼，剛剛回來才洗了個澡……」

月珍再也站不住，一屁股坐到地上，兩條腿不知怎麼那樣痠軟，彷彿剛走過多遠的路似的，一邊卻不由自主著了魔似地笑起來，越笑越大聲，連眼淚水都流了出來。傑仔盯著她，一臉困惑，媽媽從廚房裡出來，開口就罵：「你看看她這算什麼？弟弟沒搭上船，白走一趟，給了人家的金子，也沒地方去討，我都不知多心痛，生氣還來不及呢，她倒開心成這個樣子，還是有良心的嗎？早就知道你不想傑仔有好日子過，求你求了兩天，要你讓個船位給他都心不甘情不願的，現在好吧，金子都丟到海裡了，人又沒去成，你看她，多開心呀……」

但月珍笑得那樣大聲，她根本聽不見、也不在意媽媽都在嘮叨些什麼，連菜籃子翻倒了也不曉得，籃子裡的的瓜果蔬菜撒了一地，本來藏得好好的那十幾顆紅毛丹也滾了出來，可這時候都沒人去理會，它們洩漏了什麼樣的秘密。

社交網

他從來也不是一個善交際的人，即使在如今的互聯網時代，他與外界的聯繫也僅止於電郵，但必須電郵保持聯絡的人並不多，他甚且從未擁有任何一支手機，對於周圍的人樂此不疲的諸多社交網，什麼「非死不可」啦那些，他也曾起過登記一下的念頭，純粹只是好奇，想親身體驗看看是怎麼一回事，但登記時網頁像個保險推銷員，交淺言深的向他索取私密的個人資料包括出生日期血型星座等等，令他不勝其煩不待登記程序完成就按了「取消」鍵。

他唯一真正登記為成員的，是他的中學同學所組成的一個社交網，主要原因也是令他鬆一口氣的不必提供一大堆個人資料，而且其他成員都是他認識的，以前考試時曾經為同一條棘手的數學題焦首苦思過，只是因為環境變遷而多年失聯，有的是十幾二十年不聞音訊了，像一串斷了的珍珠項鍊，珠子零落四散，他自己也是離開原居地飄洋過海之後被許多人列為失蹤人口，拜科技之賜，如今他們雖然散落世界各地，仍然可以在網上交換彼此的近況，但他對老同學長成什麼樣子、婚姻狀況、有幾個小孩、賺多少錢、去過哪些地方旅行等等全不關心，他最想知道的反而是，基於他們特殊的成長背景，老同學對一些事物的看法會不會有甚麼不同？對這個在他們各自不聞音訊的十幾年間變得面目全非的外在世界，他們又是如何適應的呢？

起初有點令他失望。有人常常從不知什麼地方抄來一大堆笑話貼到網上，多半不能令他發笑，一個女生也是不知從什麼地方轉貼來的東西，稱之為「好文章分享」，不外是一篇又一篇所謂的「感人的小故事」，全無文采不說，文末往往還畫蛇添足的加上幾句「這個故事給我們的啟示是」什麼什麼，他讀著那些了無新意的人云亦云，味同嚼蠟。

又有一個男生，滿口黃腔，每次發言都要加上幾句葷笑話，他判定此人是成長期間受到過度的性壓抑，才有這樣病態的表現，但看在當年曾為一條棘手的數學題並肩戰鬥過的分上，他也不多說什麼。

在網上發言的人其實來來去去就那麼幾個，他們這個網站不對外開放，和多數社交網一樣，交流仍以文字為主，他這才驚訝地發現，通訊發達、甚至泛濫的這個時代，即使已經是人手一機，簡訊每分每秒都在發送（他曾在搭地鐵時看著鄰座的中學生在小得幾乎看不見的鍵盤上運指如飛，其姆指之靈活彷佛比他進化甚多的高等生物，他極力不露出駭怪的表情以免人家識破他山頂洞人的真實身分），但原來並不是每個人都有能力用文字把自己清楚地表達出來的。他因此更珍惜這寥寥幾個可以和他交流的老同學，不管他們在網上使用的是母語中文、或方言、或原居地的文字、以至英文法文，他都細心閱讀，儘管他多年來已少與原居地的人來往以至對那種語言也生疏了，儘管明知他們的喜好可以說和他全無交集，對一些議題的觀點更是南轅北轍。

就拿同性戀來說吧，滿口黃腔那位性壓抑的同學，住在進步的美國，卻認為同性戀者爭取婚姻合法是「得寸進尺」，這個觀點很得到其他人的附和。他耐心的解釋，要求婚姻合法是想得到法律上的保障例如財產繼承權等，但同學們顯然聽不進去，另一位仍在原居地的同學，更毫不留情地加上一句：同性戀者不思繁衍後代，理應天誅地滅。其斬釘截鐵的態度馬上令他聯想起一些中東國家領袖的言論，以及那些國家處決同性戀者的法律。他想異性戀者中也有選擇不要孩子的，是不是也必須誅之滅之而後快呢？原居地那位同學當年在課室中和他同坐一條板凳，現在是一位成功的商人，他只希望他不要從政就好了。

過了一段時間，他發現同學之間的爭論往往是他一個人引起的，所爭論的題目則常令他啼笑皆非。例如有一次他嘲笑流行的香港電視劇製作之粗濫，隨手舉了幾個例子，好像隋朝背景的古裝劇，牆上卻掛著幾首唐詩；好像武俠片的主角從來都不騎馬，固然那是成本問題，而且嬌生慣養的港星誰懂騎術，但不會騎馬的英雄好漢看著總覺得彆扭；又例如古裝港劇中，演員敲門時都不會使用門上的銅環，總是笨笨的用手指骨節敲，他以為只是舉出一些人盡皆知的事實，作為笑談，不料卻惹火了另一位男生，這人以前和他也不算深交，現在也還在原居地，是一家大酒店的總經理，一天到晚勸人「退一步海闊天空」，反駁他說：港劇的導演豈有不曉得使用銅環之理？演員用手敲門也許是聲音更響亮、也許要這樣演，觀眾才知道他是在敲門……，總之是一定有他的用意的。他讀畢大笑，訝然於昔日同窗頭腦之簡單，忍不住逐點分析，銅環本就是為敲門而設的，怎麼用手敲反而比金鐵碰擊更響亮呢？至於說導演擔心觀眾看不懂，那更是導演的錯了，因為他低估了、甚至侮辱了觀眾的智慧……。海闊天空的男生這一下卻空闊不起來了，火氣十足地回帖，叫他「沒有參與製作就不要亂批評」，他這才想起來，海闊天空的這位酒店總經理，他管理的酒店是港商投資的，可能因為這樣，才對「香港製造」有特別的感情，容不得別人一點批評吧？

類似這樣非理性的爭論，起初只是他無意之中引發的，後來卻漸漸變成有意挑起爭辯，純粹只因為老同學觀點立論之怪異，令他忍不住要以更具爭議性的題目去刺激他們的神經，然後舌戰群儒，只為了要看看他們的想法，到底能匪夷所思到什麼程度？

最富爭議性的，當然莫過於政治話題了。

他向來不特別熱衷政治，那個一般被稱為兩岸三地的主流華人地區，他只在其中一地過境停留不足一個星期，如今又身在半個地球之外，對區內的現狀說不上瞭如指掌，但他相信他和兩岸三地有更深一層的聯繫，歷史的、文化的聯繫。當年原居地的政權與他們母國交惡以至一度動武，由是遷怒於他們，對他們學習母語嚴加限制，深受其害的他這一代至今元氣未復，許多人因此對自己本身的文化歷史即使不是一無所知，所認識的也極其有限。他自己則完全因為勤於翻閱當時差不多算是禁書的典籍，離開原居地之後又閱讀過兩岸三地近代、當代重要作家的著作，而不僅僅是網路上亂七八糟的「好文章分享」，才對母國幾千年來的歷史文化認識較多，然而歷史和文化上的聯繫並不等於他就必須認同任一個政治黨派，反而他常常批評母國的一些現象，以譏諷的語氣稱呼「偉大祖國」「偉大領袖」，他的同學們，尤其是仍在原居地的那幾個，則非常以母國的建設成就自豪，對他的態度很不以為然，因而與他隔海爭論不絕。

這些爭論也不是完全沒有啟發性的，當母國發生大規模示威、武警到場鎮壓，引起國際輿論指責時，曾和他同坐一張板凳的成功商人很憤慨的說：法國也有反政府示威，美國也有，警察不是也同樣用武力鎮壓，怎麼就沒有受到指責呢？

這又是一個令他意想不到的看法，他當下的第一個反應是，歐美國家的示威，和獨裁國家的，怎麼能相提並論呢？但兩者有何分別，他好像從來也沒有細想過，因為老同學的提問，他才把這問題深入想了一遍，然後回覆就算客觀環境完全一樣，還是有分別的。分別在於法國美國的政府，不會在出事後立刻把外國記者驅離現場，然後板起臉孔警告各鄰國；不要干涉本國內政。在西方國家，如果出現類似的騷亂，警方干涉、流血衝突，反對黨很可能就會批評執政黨，要求徹查、找出事件的起因，追究責任；傳播媒體更會窮追猛打，明查暗訪、抽絲剝繭，他們有一個系統，雖然未必完善；他們會認真追查，過程也許漫長，但民眾知道，有人在做事，有人要為已經發生的事作一個妥善的交代，所以民眾不會恐慌，如果有人存心鬧事，也不會得逞。但在一黨專制的偉大祖國呢？他們第一個反應是封鎖消息、趕走外國記者，而他們自己的傳媒又沒有能力追查真相，一切只能聽從黨的安排。在這種環境之下，謠言自然容易流傳，引發更大規模的社會不安。他最後結論，兩者的分別就在多黨制、新聞自由，這是民主國家監管、制衡執政黨的武器。

老同學沒再說什麼，他希望是接受了他的解釋，而不是出於禮貌或者看在當年坐同一條板凳、為同一條數學題奮戰過的份上而不和他爭論下去，畢竟他很高興老同學給了他這個機會，去思考他以前沒有思考過的問題。但他所說的新聞媒體對政府窮追猛打的做法，他懷疑老同學能不能理解，因為成功商人常常轉貼一些偉大祖國的官方新聞報導，其語氣和他所處的西方社會、所熟悉的新聞報導大異其趣，歌頌讚揚國家政策的自不必說，就算是報導一宗災難、如其後不久的一場大地震，官方新聞也必定盡量淡化災難的嚴重性、避開不提傷亡人數，反而強調政府如何在第一時間應變、如何掌握情況、指揮若定、有效率地調動人手赴災區救援。

這種腔調他其實是不陌生的。以前還在原居地的時候，報上電視上不就全是這種報喜不報憂的文宣？即使在經濟最窘困的年月，官方媒體上永遠形勢大好，農業永遠豐收、工業產量永遠達標甚至超標、社會安定富足、執法者有效打擊罪犯……。他們當然知道那些都是欺人之談，聽多了也就麻木了。然而為什麼十幾二十年之後，老同學竟然會對同樣文宣味十足的新聞信以為真，以至在網上向他們傳閱？

這能不能叫斯德哥爾摩癥狀呢？被綁架的人質，長期受到禁錮（肉體的、精神的），起居飲食都必須倚賴綁匪，久而久之，終於不自覺地接受了綁匪的一套價值觀……。會是這樣嗎？

他一面想著，一面仍然不放過任何刺激老同學神經的機會。

那次地震，震出了災區內新建的學校大部分被偷工減料的醜聞，他略略批評幾句，老同學果然群起而攻，這已在他意料之中，因此也不以為怪，他們所持的論調不外是這樣強烈的地震，什麼建築物都會倒塌了，哪裡是建築商的錯？更有人毫不留情的直斥他和西方記者同一腔調，是挾洋自重、是媚外；就連那位「好文章分享」的女生，平時不多參加爭論，這時似也忍不住的說他怎麼老是要和別人唱反調。反調？他想起科幻小說裡的「反世界」，在反世界中，一切都和現實世界相反，對的變成錯、善的變成惡、白的變成黑，……老同學所身處的原居地，難道也是一個反世界？如果譴責偷工減料的建築商是反調，那什麼才是正音呢？

地震過去後不久，偉大祖國主辦的運動會開幕了。這是一個籌辦經年的大型活動，明顯是有意展示實力的開幕禮、精心製作推銷歷史文化的表演，先進科技包裝下的內容卻令他大為失望的只不過略窺幾千年文化的皮毛，但已足夠令他的老同學們看得如癡如醉，甚至感極而泣，大家彷彿以他為假想敵預計他會唱反調似的，紛紛發表觀賞感想，先發制人的要令他無言以對，成功商人照例引述官方新聞網，都是全世界記者的報導，對開幕表演如何推崇備至、五體投地；先前罵過他媚外的人，這時卻與有榮焉地說：連好萊塢都讚不絕口，可見這真是無懈可擊的完美製作……，諸如此類。

他讀著他們的文字，不置一詞，沒澆他們的冷水，暫時。

冷水早就準備好了。運動會閉幕之後，他四兩撥千斤只用一個字就概括了這次的盛會：假。這也是除他那些斯德哥爾摩癥狀的老同學之外許多遊客、記者的共同印象，偉大祖國本來就因善於造假而在國際間聲名狼藉，出口到世界各地的產品，吃的用的穿的，無一不可以造假，以致許多外國商人拒絕和他們打交道、做生意。但在斯德哥爾摩癥狀的老同學看來，卻是國際反動勢力的有意打壓抹黑了。

運動會從開幕到閉幕，「假」字無處不在，在台上唱歌的小女孩，歌聲是假的；煙花是假的；運動員的年齡是假的；而外國記者印象最深刻、談論得最多的，則是會場內禮儀小姐千人一貌機械人似的虛假微笑……。

假作真時真亦假，真是不折不扣的反世界啊。

老同學再度被觸怒了，海闊天空的酒店總經理，大約認為他已無可救藥，語重心長的贈他一句：不要忘了自己的根。

根？

他認真地思考老同學使用這個字的意思。對他們來說，什麼才是根呢？官方新聞的宣傳嗎？近十幾年來他們才開始有機會遊覽的、粉飾過的觀光景點嗎？還是他們做學生求知慾最旺盛的時期被禁止接觸的母國歷史？一個人不能忘記他從來沒有認識過的東西，酒店總經理，有沒有機會真正認識過母國幾千年的歷史呢？

他忽然有了個主意，那就來考一下歷史常識吧。比照著某個高收視率的電視有獎問答遊戲，他設計了幾個題目，每一題都包含四個歷史事件、或人名、或典故，在網上貼出來，請老同學將它們按朝代先後排列：

A.東晉　B.西漢　C.南唐　D.北齊

A.四面楚歌　B.五胡亂華　C.六國封相　D.七步成詩

A.陳圓圓　B.李師師　C.蘇小小　D.關盼盼

A.建安七子　B.揚州八怪　C.竹林七賢　D.初唐四傑

A.八王之亂　B.安史之亂　C.黃巾之亂　D.三藩之亂

貼出來之後，好幾天沒有回應，甚至沒有人要試一試，彷彿那是一堆晦澀不可解的甲骨文字。太難了嗎？他又貼上幾個他認為比較容易的：

A.西施　B.楊玉環　C.王昭君　D.貂蟬

A.岳飛　B.張飛　C.珍妃　D.楊貴妃

A.宋襄公　B.李後主　C.周文王　D.梁武帝

A.咸豐　B.開元　C.洪武　D.靖康

A.戚繼光　B.李廣　C.年羹堯　D.郭子儀

還是沒有回應。被他逼急了，才有人滿不在乎地回答：都是古代的東西啦，年代太久遠了，老古董了，誰知道那麼多？……

是的，他們當然聽過岳飛、張飛；四面楚歌、七步成詩的成語也能運用無誤，卻說不出岳飛在張飛之前還是之後，也不曉得曹植項羽是哪朝哪代的人，對他們來說，歷史人物、典故也像一串斷了線的珠子，不，更像夏夜晴空明亮璀燦的星星，他們也許叫得出那是什麼星座，卻不知道同屬一個星座的星星和我們的距離並不相等，有的在幾十光年以外，有的卻是幾百光年，只是因為距離太遙遠了，便把它們看成在同一個平面上，也因此武俠小說裡面的宋代才女可以唱元曲、電視劇的隋朝皇宮可以掛上唐詩，……反正都是古代嘛，有什麼關係呢？

他忽然覺得自己也像無邊虛空中的一顆星球，旁人隔著遙遠的距離，同樣會不由分說把他和他的同學劃入同一個星座，事實上他們之間相去不知幾千幾萬光年，而且——是宇宙不斷在膨脹的緣故嗎？他正以不可逆轉的速度向外漂行，離他們越來越遠、越來越遠……。

在漂行之間，他把幾個沒有機會貼到網上的題目，沿路丟出去，讓它們像隕石碎片般擦亮一角黑暗的夜空：

A.圓明園　B.阿房宮　C.銅雀臺　D.燕子樓；

A.高祖斬蛇　B.秦瓊賣馬　C.武松打虎　D.莊周夢蝶；

A.霸王別姬　B.四郎探母　C.莊子試妻　D.關公送嫂；

無盡的星空

如果戰爭不是以他們已知道的方式結束，他會長成一個什麼樣的人？

這是他在翻看一份舊漫畫後，腦海中揮之不去的問題。

漫畫是他小時候最愛看的香港暴力類型，那時從香港來的漫畫很不少，古裝的、時裝的、武俠、言情、科幻，種類繁多，李小龍出現後，功夫漫畫開始大行其道，但多半水準不高，這一本畫功特別精緻的因此馬上受到和他同齡小學生的注意，原來小孩也不是好騙的；漫畫應該是每月一期吧，也許因為作品受歡迎，正處於創作顛峰期的作者湧泉以報的畫得更用功、更細心，以致往往脫期，但他那個年齡哪有什麼時間觀念，也沒像有些大人擔心的那樣因為沉迷漫畫而荒廢了功課，反正隔一段日子租書攤就會有一期新的，情節越來越有吸引力，邪派角色層出不窮，而且一個比一個功力高強，讓他們看得過癮極了。

正當漫畫主角去了日本、要和邪派高手展開連場血戰的同時（他清楚記得是第九十六期），現實生活中他們這邊的戰事卻結束了，整個世界翻轉過來，生活方式完全改變，以前讀的書、聽的歌、看的電影，統統被視為反動、頹廢、個人主義的不良文化品，從他們的日常生活中一概刪除像挖去一顆顆毒瘤，他並不因此而變得健康起來，日子反而因為少了那些文化品而過得百無聊賴，時時懷念那些漫畫中的正義少年高手，像懷念戰亂中失散了的好友，不知道他們去了日本之後的遭遇如何，但不管面對的惡勢力怎麼兇殘，他都放心的深信他們一定能夠化險為夷，就像他之前看過的那九十幾期一樣。

十年離亂後，長大一相逢，當他重新看到這份漫畫時，已不止十年後了。有死忠的讀者天知道花了多少工夫，把一千多期的漫畫一頁頁掃描上傳到網路上，他因此得以從頭一期期的細看了一遍。這二三十年間他不是沒有和這本漫畫不期而遇過，也知道從畫功到內容已和以前有了很大的變化，這是可以理解的，他甚至知道漫畫的少年高手並非人人都持有免死金牌，不一定每次面對強敵都能有驚無險活著回來，其中一個主要角色便在一場惡戰中不幸身亡，但諸如此類都不是他在重讀這些（能不能叫經典呢？）漫畫時最大的震撼。

最大的震撼是，那些他熟悉的、令他看得如癡如醉甚至常常想仿效的精緻畫功，在他不能再追看之後，也就是他最後看過的九十六期之後，只延續了兩期就完全消失了，從九十九期起，漫畫全面改版（之所以選擇這一期，相信是為了取個長長久久的好兆頭），從每月一期改為半個月一期，然後逐漸改成周刊，作者也從原來的又編又畫一腳踢（最多讓幾個學徒畫一些不重要的背景之類）變成分工制，好處是保證不脫期，代價卻是水準嚴重下降，人物肌肉、衣服的線條明顯變僵硬了，令他看得很不舒服，才兩三期就已經興味索然，點擊關掉視窗。

這和他哥哥的經驗不同。戰時（受了一個約莫和他同齡的小說家的影響，他以「戰時」「戰後」稱呼生命斷層前後的兩個截然不同時代，而不用大多數人掛在口邊的「解放前」「解放後」），他哥哥已經在念高中，一次和同學去看電影時剛巧遇到幾個同校的女生，因此對那部電影留下特別深刻而甜蜜的印象，那是劉家昌的文藝片，幾十年後他們買到這部電影的光碟，哥哥重看後卻驚訝不置：「怎麼拍得這麼白癡？」整部電影從頭到尾只有四名演員，連半個路人甲乙都不見，除了劉家昌的主題曲還算好聽之外，就是一部粗糙的大爛片，「但那時真的覺得好好看的啊……」哥哥一臉沮喪，像發現他半生信奉的某理想某主義原來是一個謊言。他不同，重看那份漫畫改版前的十幾期，他仍然認為畫功精緻、百看不厭，因此更不能接受改版後迥異的風格。

如果不是相隔幾十年才看到這幾期漫畫，如果戰爭不正好在那個時候結束，他的人生不因此而出現斷層，一切如常進行的話，他會不會因為漫畫風格的突變而停止追看呢？

他發覺他無法回答這個問題，因為他同時發覺，如果戰爭不是在那個時候以那種方式結束，他很可能成為另一個人，一個除了年齡血型星座之外和他本人都完全不同的人，甚至連體型長相都可能有異。

戰爭當然不必非以他們所知道的方式結束不可，客觀的因素太多了，除了有確實數字可供比較的軍事裝備之外，還要考慮盟友的支持或背棄、敵方盟友的支持或背棄、民族性（強悍、怯懦、狡獪……）、國際形勢（兩大敵對陣營的強弱消長）、經濟狀況……看看南北韓，看看台海兩岸，不也鬥雞般對峙了幾十年還好多次險險擦槍走火不是嗎，但人家就能一直維持那個局面，其中一方還行有餘力的創造了經濟奇蹟，四小龍四小虎什麼的，怎麼就他們倒楣，最糟的情況偏偏就發生在他們這個半島上呢？（當然也可能是人家冷眼旁觀，看到他們戰後經濟一蹶不振的狼狽相，因此吸取經驗，小心的避免武力統一，不重蹈他們覆轍。）

他好奇地猜想他可能會成為怎麼樣的人，過著怎麼樣的生活，另一個平行世界中的自己。戰爭結束的時候他還沒念完小學，原本畢業後會升上他兄姊念過的明星中學的，但戰後明星中學被關掉，抹去了他人生發展的一個可能方向，同時被抹去的是他可能認識的同學、可能結下的至死不渝友情、可能影響他一生的某位老師、以及可能暗戀的一兩個同班或不同班的女生，同時和小學同學漸漸變得疏遠，最後這一項和大環境無關，因為即使局勢不變，升上中學後他也會和大部分小學同學疏遠，如同他們每個人都會不受局勢影響的進入青春期，劉大眼也一樣要做手術。

小學同學彼此都住得近，多半集中在學校方圓兩個街口以內，蝦米爸爸開的飯店就在學校旁邊，賣的雞飯遠近馳名。不記得三年級還是四年級的時候，劉大眼的媽媽告訴他母親，大眼要進醫院動手術，什麼手術？母親沒說。大眼出院後，他和蝦米肥仔幾個同學去看他，即使是戰時，八九歲的小孩晚上在街上走，也不需要大人陪伴，可見治安良好。劉大眼出來見他們，穿著一件奇寬奇大的睡褲，也不知是不是他爸爸的，一手還小心的提著褲襠，當時他們幾個小男生大概誰都不清楚大眼做的是什麼手術，卻都板著臉正正經經的坐了一會，離開他的巷子後才模仿他提著褲襠的滑稽相一起放聲大笑。那情景像極了很多年後在一些青少年啟蒙電影中會出現的畫面。

啟蒙電影一定也有小男生在馬路上騎單車的畫面。小學畢業前那一年暑假他們約好了似的忽然同時學會騎單車，那是個奇怪的時刻，戰戰兢兢看著新政權臉色過日子的大人無暇理會他們，他和一班死黨孤魂野鬼般暑假差不多每天午後都推著大小新舊程度不等的單車在學校外面會合，在馬路或行人道上兜來兜去，戰後的世界一片荒涼，馬路上的車子明顯比幾年前少多了，他們卻只因為方便騎單車而高興，百無聊賴的話題總離不開那些和他們失散了的、在日本和惡勢力搏鬥的漫畫少年英雄，然後就有人提議一起騎車沿著陳興道大道走到西貢去，但每次都因為僧多粥少座位不夠分配而掃興作鳥獸散。西貢他們哪裡陌生，只是沒試過因此渴望著不被大人帶領的獨自探險。很多年後，死黨中許多人包括他自己散落世界各地，去的地方比西貢遠多了。

那個戰後荒涼的暑假，炎炎陽光下陳興道大道袒露著肚子靜靜地躺著，像一條死去的魚。

作為首都（前首都，他有時也學與他約莫同齡的小說家稱之為「廢都」）的主街，大道不該那樣寂靜，戰時的大道就多人多車且多噪音，一條正常充滿能量充滿生命力的街道，因此不適宜讓他們那個年齡的小孩騎腳踏車往來奔馳。離學校不到兩條街、他自己的家附近，馬路兩邊各有一家打字學校，每天經過都聽到噼噼啪啪的聲音不絕於耳像忙碌的工廠，生產出一批批的打字小姐。他要到打字機快要被淘汰的年代才知道，他們那時私人家裡擁有一部打字機會是非常不安全的，原因不難理解，一個擁有絕對權力卻明白而且害怕文字力量的當局，很難不疑神疑鬼把一切書寫工具視為洪水猛獸，偏偏打字機又是那樣不安靜的書寫工具，他一直記得當年兄姊在家裡自己練習打字時，噼噼啪啪的聲音夜裡聽起來更刺耳，父親不時到窗邊向外張望，像正在發密電又怕被敵人發現的情報人員。

幾年後沒錯過經濟起飛的話，亞洲四小龍加上他們該是五小龍，這些打字學校出來的打字小姐將會在加工出口區學以致用。那時他們可能已搬離那一區了吧。戰爭結束之前他記得爸媽和兄姊正在討論搬家的事，並不是頂迫切的，但有空就看看有沒有合適的地方，要搬家主要是他們小孩長大了，該換個較寬敞的房子，跟發生在那之前幾年的恐怖襲擊無關。

打字學校過去一個街口是一幢十幾層高的維多利亞大樓，當時是美軍宿舍，從他家露台可以看見大樓最上面的幾層。他才幾個月大時，一天大樓受到敵方游擊隊的炸彈襲擊，大樓前門和下面幾層損毀十分嚴重，周圍的民居也被波及，死傷十多人。那幾年這樣的恐襲常常發生，有時規模更大，一間著名的水上餐廳就是其中一個目標，但他們好像並不把那些隨時會在身邊發生的恐怖事件放在心上，人人還是如常的過日子，反而是戰後理應是太平安穩的歲月，他們才活在更大的恐懼之中。

如果沒有戰後太平安穩的歲月，維多利亞大樓或許會在另一次更嚴重的襲擊中被夷為平地也說不定，像他很多年後在電視上看見的紐約世貿中心。至於那幢他們始終沒有機會搬過去的新房子，他想像會是一幢別墅式的，像以前家附近那一幢。

和陳興道大道平行的阮廌街，有時吃過晚飯後他們會跟母親漫步到那裡的親友家坐坐，來回都會經過那別墅，其實是賣花的，房子前面好大一片花圃，暖暖的晚風中飄來混和著泥土氣息的花香。阮廌街一帶是密集的民居，一點也不幽靜，冒出那樣一幢別墅更是和周圍環境格格不入，他隔著花海眺望後面的別墅，童話國度似的可望不可即。

他曾不只一次試圖重建那童話世界的別墅，用父親買給他的樂高積木。

以前星期天父親不上班，都會帶他們去西貢，逛那當地人稱為「商舍」的地標百貨公司，外面街上熱帶的陽光曬得人頭昏腦漲，有空調的百貨公司陰涼舒適，他記得第一次踏上電動手扶梯的遲疑興奮、記得服裝店新布料的氣味，而最記得的是玩具店有著鮮艷紅黃藍綠色的玩具，和他愛玩的樂高積木一樣都是市場上剛剛興起的塑膠製品，比傳統的木製金屬製玩具漂亮多了，許多年後在他定居的西方國家，每個商場內的玩具店一進門仍然是一堆同樣鮮艷的紅黃藍綠，和他小時所見的一模一樣。資本主義象徵的百貨公司戰後也荒廢了，否則他們應該在隨後那幾年看見更多連鎖店像麥當勞等等在那裡出現，那時他可能在服兵役，駐守中部某個偏僻小鎮，放假回來時和女友到這裡喝杯咖啡，然後又回到駐守地像戰時流行過的一首歌〈三江灣之夜〉，三江灣很可能就是他駐守的小鎮，地名因為歌曲的流行而廣為人知，他卻從不知道三江灣在哪、長什麼樣子，他是歌詞中的軍人，想念後方首都逛百貨公司的女友：「這時商舍即將打烊，清潔工人在打掃走廊……」首都戰時有宵禁令，所以即使酒吧夜總會林立，卻是一座沒有夜生活的城市。他在三江灣持槍徹夜醒著，想到戍鼓斷人行、邊秋一雁聲，想到哪一天他會馬革裹屍被送回首都。

也許不至於。只要雙方都小心一點，不貿然啟戰端，便不會有太多人命傷亡，服兵役也不過是例行的義務吧了，沒那麼可怕。而且他很可能根本不需要服兵役，如果他升上兄姊讀過的明星中學，他就有機會到台灣升學，而不會認識像阿福這樣的同學。

阿福住龍蛇混雜的安平街，三天兩頭不來上課，倒喜歡跟一些舞獅班子舞棍弄棒，也因此闖過不少禍。有次阿福預知有事，放學前先將書包寄他保管，自己步出校門不遠，在六邑醫院前面被幾個人堵住，沒說兩句話對方即發難，圍著阿福就打，他站馬路對面看著阿福殺出重圍落荒而逃。阿福沒多久就退學了，他送阿福一冊鐵線拳拳譜，是在家中書櫥裡找到的，家中無人習武，他更壓根沒想過要學功夫（可見看暴力漫畫長大的兒童不一定都有暴力傾向），拳譜哪來的已不可考，阿福如獲至寶歡天喜地從此銷聲匿跡練拳去了。他以後一直沒見過阿福，但每次不得不穿過一些陌生的暗巷並擔心會遇上小混混找麻煩時，他總希望阿福能適時出現，以鐵線拳擊退眾混混，然後朝他抱拳一揖，飄然而去，相忘於江湖。

升上明星中學，他比較會認識出身成分背景和他相近的、後來的小說家。他們還可能一起赴台灣升學，中秋節他們無處可去，只好一起懷念原居地的種種，小時看過的漫畫（他小學畢業後終於漸漸和那些少年英雄疏遠了）、紅土高原香濃的咖啡、一起背唐詩「露從今夜白、月是故鄉明」……年輕的小說家那時或許已開始發表一些作品，他因此會想起來問他，小學三年級陳老師教他們的，是不是寫實主義？

沒人知道已經是戰爭末期的小學三年級，他們開始學作文，班主任陳老師給他們念一篇示範文章，題目是〈賞月〉，但文中賞月的時間不是陰曆八月。陳老師解釋，半島的陰曆八月正是雨季，每年中秋節那天晚上更受詛咒似的總是下雨，所以有明亮月色可供賞玩的可以是任一個月份，只不能是中秋節。他們作文要是寫出晴朗天氣的中秋節就是不符現實。

現實生活中沒有的、沒發生過的，就不能寫嗎？

他不知道年輕的小說家會怎麼回答這個問題。小說家後來的創作，大都圍繞著他們這一代人最難以忘懷的一段經歷。如果半島上的敵對雙方一直聰明的維持備戰狀態而不是動不動就大打出手還非分出個輸贏不可的話，像南北韓、像台海兩岸（就別奢望像德國那樣高效率的和平統一了），這一段經歷便不會發生，那時的小說家會寫些什麼？

最初並沒有人知道他們正處於一個重要歷史事件（或一場人為大災難）的起點，許多他們後來向子孫反覆講述的涕淚飄零故事還沒發生，沒有人知道他們即將展開的是一趟悲壯的行程如同埃及人渡紅海。廢都剛剛歷經大規模的批鬥運動，挨鬥的人一無所有掃地出門，未受牽連的也人人自危，然後有一天他們彷彿抵達了長長隧道的盡頭，前面透出一點微弱的光芒——是中秋的月光嗎？他們的行程開始了。

那年中秋，整個氣氛是前所未有的興奮，一種嘉年華式的狂歡洋溢在街頭巷尾，天色不見得比往年清朗，月餅卻是特別好賣，人人都盡情大吃大喝像向半島餞別，其中許多人真的過完節之後不久就和親友辭行了，蝦米就是，還和他們相約在某個未知的異國見面。然而就像人類歷史上每一次大規模的遷徙一樣，過程總是充滿了不可預知的凶險，不少人終究沒能渡過那一片紅海，沒能活下來向子孫講述他們的故事。

他每隔兩三年總會回到半島看看，每次都住在劉大眼家。劉大眼幾十年來居然都住在同一個地址，在他們這個亂世可以說是非常難得了。白天大眼上班，他就自己在街上閒逛，新舊混雜的建築物一棟棟看過去，從舊房子推測旁邊新蓋的房子以前是什麼地方，老舊的房子好像專為了讓他這樣久別歸來的人作為認路的座標，才堅持不倒塌的，他從沒倒塌的學校認出旁邊蝦米爸爸以前的飯店，已經改建過了，現在是一家賣手機的，卻一直沒見到蝦米的爸爸。

蝦米他們的船離岸沒多遠就沉了，一家人只他爸爸一個人獲救，回來後據說瘋了，有一段時間常在這一帶出沒。

蝦米沒死的話，也許會接手經營他爸爸的飯店，繼續賣遠近馳名的雞飯。

街上遇到年齡相仿的女性，他總忍不住想像那或許是他在平行世界中的戀人，可能和他生一堆小孩，有空會約劉大眼到蝦米的飯店吃一頓美味的雞飯，那時他們沒那麼多涕淚飄零的經歷可說，話題大概會是星際大戰前傳外傳拍到第幾部了，或者半島敵對雙方關係解凍後開放探親，他們並無親友在北方，卻得以暢遊久聞其名的下龍灣，不然就拿大眼小時動手術後提著褲襠的滑稽相來說笑（他們當然都知道大眼做的是什麼手術了），說不定更會一起出席母校的四十年、五十年、六十年校慶……而在這個實存世界中，他們的學校早就沒有了。

可能是他戀人的女子迎面走過，沒多看他一眼。相忘於江湖。

有百年歷史的地標百貨公司也拆掉改建了，電視新聞報導了它正式關閉的一幕，女記者以充滿傷感的語調說：「看著商舍最後一次關上大門，不期然想到一首老歌——」然後就唸出他們熟悉的〈三江灣之夜〉的歌詞：「這時商舍即將打烊，清潔工人在打掃走廊……」沒有上下文，有意不交代這首老歌的年代背景，但他們那一代的人入耳這兩句聽似尋常都市景色的歌詞，馬上時光隧道似的完全進入那個漫天烽火的情況，進入前方戰士和後方女友的兩地相思，以及那濃濃的厭戰情緒。

劉大眼的房子也是新蓋的，有個天台像他自己以前的家，晚上他喜歡坐在天台上，大眼有空就上來陪他閒聊。廢都不能再叫廢都了，戰時的宵禁令早已解除，即使是晚上，四周也不如以前的死寂，街上車輛往來清晰可聞，一座城市正常該有的喧囂都回來了，包括過去少見的霓虹燈，蓋去了夜空的星星。但他對整個星空已瞭然於胸，看都不用看就知道每個星座在哪裡，比方說這個季節天蠍座會從東南方升起像一隻大風箏，色紅如火的主星是詩經的「七月流火」，後面拖著的長尾巴是二十八宿之一，正是叫尾宿；北邊的天空應該有W或M形的仙后座、飛馬座、武仙座也就是希臘神話的赫求力士……

若身處在另一個平行世界，他不會認識那麼多的星座。

他認識星空並不為渡海時辨別方向，像小說家在一篇小說裡主張每個逃難者都必須具備的知識，更不為預測運程，純粹是打發時間而已。經歷過大批鬥運動的廢都，更是名符其實的百廢不興，能源嚴重短缺，任何時候都有半個城市沒有電力供應，許多個晚上甚至通宵停電，他們沒事可做、沒處可去，穴居人似的各自守在自己的洞穴裡，本應去看白癡文藝片（陪熱戀中的女友、麗聲戲院）或《星際大戰》（和男性死黨、璇宮戲院）的晚上，他唯一的消遣是坐在天台上看星星，看得久了，便想知道每一顆明亮的星星叫什麼，想知道每一個星座的位置，像原本素昧平生的人，見得多了，也會好奇想知道他從哪裡來，經歷過什麼，看見過什麼，背後有些什麼故事。他沒有天文望遠鏡，也沒有星空圖，只能憑一部辭海，從已知道名字的西洋十二星座開始，找出它們的方位，因而發現和十二星座對應的是中國古代的二十八宿，由此一個星座帶出另外更多的星座，要認識全部的星星並不容易，首先得有耐性，等著季節推移，每個季節有不同的星座登上夜空的舞台中央，辭海引述禮記月令告訴他：「季冬之月，昏，婁中」、「孟夏之月，昏，翼中」、「季春之月，旦，牛中」，簡單而清楚。他們什麼都缺少，只有時間多得用不完，除了下雨或密雲或月明星稀的夜晚，他盡可能不缺席的追看這齣星光熠熠的鑽石陣容連續劇，經過一兩年的物換星移，看似紛亂無章的星空變得有秩序起來，最多明星聚集因此最容易辨識的星座是獵戶座，總是從東南方沒被恐襲摧毀的維多利亞大樓後面冉冉升起，亦步亦趨跟著來的是忠心的大犬座，其中有整個天空最明亮的天狼星；西方星座多半以希臘神話中的角色命名，他小時希臘神話看得不少，因此更是如見故人；中國古代的星宿名稱卻有種神秘感，二十八宿之外還有什麼帝座、積尸、貫索、九州殊口、北落師門等等，辭海還收錄了一些和星星有關的傳說，像天河與海通，年年八月有浮槎去來不失期，有人好奇上了船，結果意外賺到了免費天河一日遊，還見到河旁有人牽著牛來喝水，回來後算命的跟他說：某年月日有客星犯牽牛；又如嚴子陵去看少年好友光武帝，同榻而睡，半夜把一條腿擱到皇帝肚子上，第二天上朝，欽天監慌忙稟報，有客星犯帝座甚急，皇帝一聽就知道是怎麼回事，他也知道了，如果「急」可以解作「頻密」的話，二千年前令欽天監驚惶失措的天文異象，很可能不過是一夕壯觀的流星雨而已。

他一直沒機會見過那樣壯觀的流星雨，卻曾震懾於欽天監看來會是再尋常不過的星空。

那是另一個通宵停電的夜晚，燠熱無法入睡，他在午夜過後走到天台上，四周一片漆黑如混沌未開，他知道有許多人，也許包括沒能成為他戀人他妻子的年輕女孩正在夜色掩護之下和家人悄然渡海，陰曆七月，正是眾多一等明星匯聚如走紅地毯的季節，主角當然是他毫不費力就認出的牛郎織女，即西方人的天鷹座、天琴座，分別在天河的兩岸，其中還有一個大十字型的天鵝座，天河似乎也比其他季節更明亮，夜色最深濃的時候，更多較黯淡平時較難看到的小星星都一一現身，萬籟俱寂之際仰望一天璀燦更令人心生敬畏，難怪先民會為他們編造出那種種奇幻的神話。他迅速忘掉燠熱，被催眠似地平躺下來，景觀隨即整個改變了。

因為角度的關係，他一躺下來，天台的矮牆遮去了四周一些比他們家要高許多的建築物，連十幾層的維多利亞大樓也變魔術似地消失不見，呈現在他眼前的便只是一片廣漠無垠的星空，地球在他身後，整個星球彷彿遠去了，他被拔高到遠離人間的一切，只剩他一個人面對一整個星空，一整條彷彿聽得見正汩汩奔流的天河。

他並沒見到牛郎牽著牛來河邊喝水，如果有人，也許是和他約莫同齡的小說家，在那一刻正好抬頭，便會看見天河中央有一顆流星劃過，也許看見流星的不是小說家，是沒成為他戀人的年輕女孩，躺在缺糧缺水、同樣遠離人間一切的小船上，流星照不亮她逐漸渙散的瞳孔。

他不知道她是誰。他永遠沒有機會認識她。

釀小說81　PG1492

船上的人：越南大時代小說集

作　　者	潘　宙
責任編輯	李冠慶、陳倚峰
圖文排版	杜心怡
封面設計	蔡瑋筠
出版策劃	釀出版
製作發行	秀威資訊科技股份有限公司 114 台北市內湖區瑞光路76巷65號1樓 電話：+886-2-2796-3638　傳真：+886-2-2796-1377 服務信箱：service@showwe.com.tw http://www.showwe.com.tw
郵政劃撥	19563868　戶名：秀威資訊科技股份有限公司
展售門市	國家書店【松江門市】 104 台北市中山區松江路209號1樓 電話：+886-2-2518-0207　傳真：+886-2-2518-0778
網路訂購	秀威網路書店：http://www.bodbooks.com.tw 國家網路書店：http://www.govbooks.com.tw
法律顧問	毛國樑　律師
總 經 銷	聯合發行股份有限公司 231新北市新店區寶橋路235巷6弄6號4F 電話：+886-2-2917-8022　傳真：+886-2-2915-6275
出版日期	2016年6月　BOD一版
定　　價	220元

版權所有・翻印必究（本書如有缺頁、破損或裝訂錯誤，請寄回更換）
Copyright © 2016 by Showwe Information Co., Ltd.
All Rights Reserved

Printed in Taiwan

國家圖書館出版品預行編目

船上的人：越南大時代小說集 / 潘宙著. -- 一版.
-- 臺北市：釀出版, 2016.06
面； 公分
BOD版
ISBN 978-986-445-106-7(平裝)

857.63 105004682

讀者回函卡

感謝您購買本書，為提升服務品質，請填妥以下資料，將讀者回函卡直接寄回或傳真本公司，收到您的寶貴意見後，我們會收藏記錄及檢討，謝謝！

如您需要了解本公司最新出版書目、購書優惠或企劃活動，歡迎您上網查詢或下載相關資料：http:// www.showwe.com.tw

您購買的書名：______________________________

出生日期：________年________月________日

學歷：□高中（含）以下　□大專　□研究所（含）以上

職業：□製造業　□金融業　□資訊業　□軍警　□傳播業　□自由業

□服務業　□公務員　□教職　□學生　□家管　□其它____

購書地點：□網路書店　□實體書店　□書展　□郵購　□贈閱　□其他

您從何得知本書的消息？

□網路書店　□實體書店　□網路搜尋　□電子報　□書訊　□雜誌

□傳播媒體　□親友推薦　□網站推薦　□部落格　□其他________

您對本書的評價：（請填代號　1.非常滿意　2.滿意　3.尚可　4.再改進）

封面設計____　版面編排____　內容____　文／譯筆____　價格____

讀完書後您覺得：

□很有收穫　□有收穫　□收穫不多　□沒收穫

對我們的建議：______________________________

____

____

____

請貼
郵票

11466
台北市内湖區瑞光路 76 巷 65 號 1 樓
秀威資訊科技股份有限公司 收
BOD 數位出版事業部

....

（請沿線對折寄回，謝謝！）

姓　　名：＿＿＿＿＿＿＿＿　年齡：＿＿＿＿　性別：□女　□男

郵遞區號：□□□□□

地　　址：＿＿＿＿＿＿＿＿＿＿＿＿＿＿＿＿＿＿

聯絡電話：(日)＿＿＿＿＿＿＿＿(夜)＿＿＿＿＿＿＿＿

E-mail：＿＿＿＿＿＿＿＿＿＿＿＿＿＿＿＿＿＿